ROBERT 1980

COLLECTION HETZEL

LE

HAN DE MINUIT

par

PAUL FÉVAL

I

BRUXELLES

ROZEZ, LIBRAIRE-ÉDITEUR
Rue de la Madeleine, 87

1859

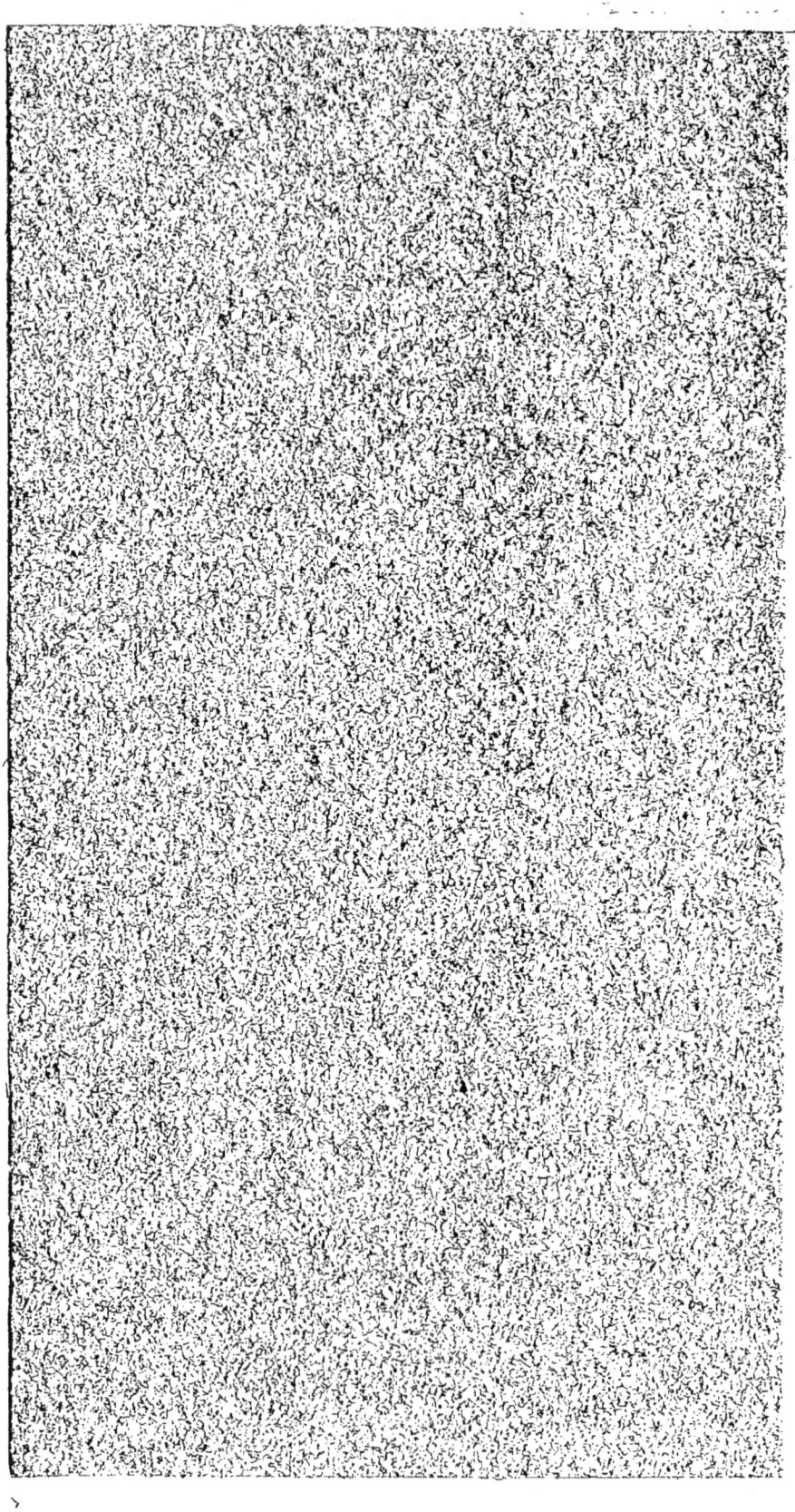

LE ROMAN DE MINUIT

4,5 ?

J - 2

35453

BRUXELLES. — TYP. & LITH. DE J. NYS

Rue du Nord, 68

COLLECTION HETZEL

LE

ROMAN DE MINUIT

par

PAUL FÉVAL

I

Édition autorisée pour la Belgique et l'étranger,
interdite pour la France

BRUXELLES

ROZEZ, LIBRAIRE-ÉDITEUR
Rue de la Madeleine, 87

1859

— Petits portraits de famille —

Bienheureux l'écrivain qui peut offrir à ses lecteurs la description d'un pays inconnu! Les bois qui ont un nom étranger produisent sur l'imagination une impression toute particulière. On a déjà gagné aux trois quarts son procès contre l'apathie blasée du lecteur quand on peut glisser, dès la première page d'un livre, le nom du Schwartzwald, du Harz ou de la forêt de Thuringe. Qu'est-ce si l'on parle des prairies de l'Ohio ou des sentiers perdus de la sierra Verde?

Notre histoire se passe à Ville-d'Avray : qu'y faire? Les bois de Fausse-Repose présentent d'adorables aspects, mais ils sont à vingt minutes de Paris. Serait-il séant de décrire ces jolis petits étangs où se disputent les prix de la joute sur l'eau par-devant M. le maire?

Nous ferons peu de paysage. Le seul train-express de cinq heures un quart amène à Ville-d'Avray, chaque jour, dans l'été, cinq ou six douzaines de banquiers, agents de change, etc... Il n'y a pas de paysage qui tienne : la bourse est là ; le dimanche, les millions se promènent, sur la terrasse de leurs *parcs*, en paletots de coutil blanc.

Figurez-vous bien que, de nos jours, ce

parc d'un million vivant est à peine aussi
grand que le verger d'un pauvre diable
d'autrefois. Sans le paletot de coutil blanc,
ce serait laid, très-laid ; mais le paletot de
coutil blanc fait bien dans la *grande
pelouse* de trente pieds carrés ; il orne la
treille où le raisin ne noue pas ; il décore
le jardin anglais, planté de quatorze lilas,
dont trois fleurissent parfois si l'on a soin
de les arroser ; il est l'orgueil du parterre.

Et, cependant, avec des fleurs artifi-
cielles, on rendrait ces séjours semblables
à des jardins. Pourquoi ne va-t-on pas
chez Constantin au lieu de bêcher cette
terre ingrate?

Ville-d'Avray! lieu délicieux! véritable
et charmante patrie de la villégiature pour
rire ! tu t'épanouis au premier soleil
comme une rose de mai! tes sentiers, qui
n'ont point de fleurs, s'émaillent de ravis-
santes jeunes femmes pour qui l'hébreu

des coulisses est la langue maternelle ;
tes gazons sentent le report ; la brise
parle de fin courant en caressant « le coton
du bouton » de tes peupliers ; tes échos
chantent la hausse ou la baisse ! Ville-
d'Avray, amour du Crédit mobilier ! tendresse de l'Est ancien ! caprice du Nord
nouveau ! loisirs du Grand-Central, des
Quatre-Canaux et de la Vieille-Montagne,
pourquoi ne couronnes-tu pas de rosières !

M. Martin avait donc acheté la maison
de M. Durand, à mi-côte, non loin de
l'église, entre M. Picard et M. Charpentier,
sur la rue et touchant par les derrières à
M. Bernard, à M. Giraud et à madame
veuve Albert.

Vous croyez peut-être avoir affaire à
des bourgeois ? Veuillez demander M. Durand, sans ajouter « de Beaugency, » et vous
verrez la mine du concierge, — qui est
en même temps jardinier et cocher ! Il

n'est plus besoin de se nommer Harpagon pour avoir maître Jacques à son service. M. Picard est seigneur de Lieusaint, où son berceau fut trouvé sur un seuil ; M. Charpentier se distingue de ses nombreux homonymes par le beau nom de Forbach ; cela se conçoit : il est Auvergnat. Les autres ne se gênent pas davantage : M. Bernard de Pierrefonds, M. Giraud de Bonnefontaine, madame veuve Albert de Lustrac. A Ville-d'Avray, nous sommes tous comme cela !

Il n'y avait que ce bon M. Martin qui fût Martin tout court. Aussi n'avait-il pas d'habit du matin en coutil blanc, et son panama ne lui coûtait qu'un louis. Les voisins le regardaient comme un homme de peu. Les artistes seuls, en effet, ont le droit incontesté de n'être point millionnaires. Ce bon M. Martin n'était pas même un artiste. Il voyait peu de monde, on ne tirait point de feu d'artifice à sa fête. Il faisait tache, en un mot, au milieu de ce pâté noble et brillant, formé par toutes les illustres familles déjà nommées : les Durand de Beaugency, les Picard de Lieusaint, les Charpentier de Forbach, etc...

Tous ces barons avaient des fonctions libérales : M. Durand de Beaugency n'était rien moins qu'un courtier marron ; M. Picard de Lieusaint faisait des annonces ; M. Charpentier de Forbach épargnait aux inventeurs paresseux les démarches pour le brevet (sans garantie du gouvernement) ; M. Bernard de Pierrefonds favorisait les succès dans un grand théâtre et avançait de l'argent sur pièces acceptées ; M. Giraud de Bonnefontaine teignait les moustaches des maréchaux de France, et madame veuve Albert de Lustrac, fille unique de la célèbre madame Roquayrol, avait abandonné la carrière dramatique pour extirper les cors aux pieds avec une étonnante adresse. Il lui arrivait aussi de cimenter quelques mariages entre orteils de sexe différents. Ces deux spécialités ne l'empêchaient point de tirer les cartes et de retrouver les objets perdus. On venait la consulter de loin.

Quel était, cependant, le métier de ce bon M. Martin tout court? On le voyait partir sur les neuf heures avec son panama, ramené en éteignoir, ses lunettes vertes et sa redingote d'orléans bien brossée. Il avait à la main une grande boîte plate. Les passants de bonne foi lui eussent souhaité un roseau pour compléter cette parfaite tournure de pêcheur à la ligne. Il parlait souvent tout seul avec une certaine animation. Il s'arrêtait parfois pour examiner de petits cailloux. Un jour, on l'avait vu casser l'angle d'une borne avec un marteau mignon qu'il avait dans sa poche.

Outre sa boîte plate, il portait en bandoulière un sac de cuir assez volumineux, dans lequel il lui arrivait de fourrer des fragments de moellon et de pierre meulière. Il avait, de plus, une gourde suspendue à un joli cordon de laine verte.

M. Durand de Beaugency, qui avait vendu sa maison à M. Martin en 1848, au moment de la baisse, lui gardait beaucoup de rancune. Les terrains avaient quintuplé depuis lors. M. Durand accusait méchamment M. Martin d'être un savant, membre de quelque académie. Cela nuisait à M. Martin, qui était regardé comme un pauvre homme par toute la noblesse environnante.

Il y avait du vrai, il y avait du faux dans l'accusation du sire de Beaugency. M. Martin était bien un savant, ou à peu près.

Depuis trente ans, il s'occupait de géologie, de botanique, et autres frivolités, au lieu d'avoir un bureau quelconque et de faire des affaires sérieuses comme tous ses notables voisins. Mais il n'était d'aucune académie, et cela le rendait fort malheureux.

Jusqu'à présent, les aréopages scientifiques n'avaient pas rendu justice à M. Martin, quoiqu'il eût présenté à l'Institut de nombreux mémoires et fait aux diverses académies de l'Europe d'innombrables communications. Un mauvais sort pesait sur lui : c'était son opinion. La science faisait la sourde oreille à ses découvertes. Était-ce aveuglement? était-ce jalousie? M. Martin donnait à choisir.

Ce petit homme à l'apparence tranquille et discrète, qui passait, le chapeau sur les yeux, dans les rues de Ville-d'Avray, avait tout simplement enrichi le domaine de l'humanité d'un métal nouveau : c'était le père légitime du gypsium ou plâtre métallique, répandu en si grande abondance sur la surface de la terre, que son prix devait être cent vingt deux fois inférieur à celui du plomb, — du plomb vil, — quoiqu'il eût des qualités supérieures à celles de l'argent !

Ce petit homme avait, en outre, fait cadeau à ses semblables d'une classe de plantes nouvelles, dont l'individu unique avait été trouvé par lui dans le parc de Saint-Cloud, au pied même de la lanterne, et qu'il avait rangé entre la quinzième et la seizième classe de Linné, sous le nom d'hexadynamie.

Les sires de Beaugency, de Lieusaint, de Forbach, de Pierrefonds et de Bonnefontaine, et la dame de Lustrac, savaient-ils cela ? Nous l'ignorons. S'ils l'avaient su, ils auraient demandé : « Son métal est-il dans le commerce? sa plante peut-elle être vendue au marché?» Sur la réponse négative, ils auraient tourné le dos avec ensemble. A Ville-d'Avray, nous ne plaisantons pas!

La maison de M. Martin était, par hasard, assez simple, honnêtement bâtie et dépourvue de belvédère avec vitres de couleur. On ne l'avait point blanchie depuis 1848; de sorte qu'elle avait perdu ces tons violemment plâtreux qui blessent l'œil partout autour de Paris, comme la réverbération des sables fatigue la vue des voyageurs dans le désert. Quelques ceps de vigne arrondissaient autour des fenêtres leurs pousses tourmentées et feuillues; à l'étage supérieur, une glycine grimpait, formant une belle guirlande de verdure où pendaient, deux fois par an, les grappes abondantes de sa fleur, plus gracieuse que le lilas lui-même.

Le jardin était vaste, pour un jardin de Ville-d'Avray. Il avait bien un arpent et demi. Comme on avait négligé de l'entretenir, dans le bon sens du mot ordinairement employé par les seigneurs de Beaugency, de Lieusaint, de Forbach et autres, il présentait un aspect vraiment pittoresque et champêtre. On voyait, du premier coup, que ce n'était pas le jardin d'un petit million. Les deux terrasses superposées qui formaient le fond avaient leur vêtement de lierre inculte et supportaient de grands vieux ormes aux feuillées touffues. Les saules qui devaient *faire groupe* dans la pelouse avaient grandi en tous sens à la volonté de Dieu. Enfin, la vigne vierge, la clématite et le chèvrefeuille qu'on avait négligé de tailler, cachaient si bien la grotte inepte et burlesque, qu'on ne la soupçonnait même plus au centre de cet épais buisson.

M. Durand de Beaugency avait vu parfois cela par-dessus les murs des propriétés voisines. Il disait que M. Martin était un Vandale. Cacher la grotte!

Par exemple, on n'avait pu cacher la pièce d'eau, large comme une cuve, avec un jet de deux lignes de diamètre, lancé par un jeune Triton de terre cuite. Mais Lily Martin avait fait un parterre autour de la pièce d'eau, un bijou, un bouquet, dont toutes les fleurs étaient ses filles.

Nous ne vous avons pas encore parlé de Lily Martin. Ce n'était pas madame Martin. Madame Martin s'appelait Rose, et méritait ce petit nom coquet par son inconcevable fraîcheur. Nous reparlerons amplement de madame Martin, qui était une femme de corpulence vaste et de caractère respectable sous bien des rapports. Nous en sommes à Lily, qui était mademoiselle Martin.

Lily avait bientôt dix-sept ans. C'était une Parisienne; mais ne vous y trompez pas : il y a je ne sais plus combien de roses dans les catalogues, et certes la Pompon miscroscopique ne ressemble guère à l'orgueilleuse Victoria; une Parisienne du Marais n'a rien de la Parisienne du quartier des Martyrs.

Encore, parmi les Parisiennes du Marais, y a t-il beaucoup de catégories.

Les provenances de la rue Boucherat ne sont pas du tout les mêmes que celles des environs du Mont-de-Piété.

Lily était du quai des Célestins : beau quartier, splendide paysage, bon air, libre aspect.

M. Martin demeurait là depuis vingt-cinq ans, afin d'avoir, le matin en se levant, la vue du Muséum d'histoire naturelle. L'enfance de Lily avait échappé à cette maladie du renfermé, qui étiole tant

de jeune plantes humaines. Elle avait res-
piré ces bonnes brises qui descendent
des côteaux d'Arcueil ; elle avait couru
toute petite sous les énormes peupliers du
mail d'Henri IV, qui dressaient encore, le
long de la berge, leurs branchages deux
fois séculaires.

Puis plus tard, quand elle eut dix ans,
M. Martin, ayant hérité, fit cette fameuse
affaire avec M. Durand de Beaugency. Lily
eut une campagne. C'était à elle, cette
maisonnette fleurie et ce joli jardin dont
les gazons en pente riaient si bien au soleil
levant.

A cause de tout cela, Lily se portait bien.
Son corsage bondissant emprisonnait la
force avec la grâce. Vous eussiez souri, à
voir son pas leste, habile à ne toucher
dans la rue que l'extrême pointe des pavés
mouillés. L'hiver dernier, on avait dansé
deux fois chez les Bonnard ; le prix de la

polka avait été pour Lily l'infatigable. Elle
chantait bien, mais autrement qu'à l'Opéra;
elle avait son piano comme toutes les petites Parisiennes, mais, sur l'honneur, son
piano ne gazouillait pas trop aigrement.
Du reste, elle ne jouait *sa sonate* qu'après
en avoir reçu l'autorisation formelle du
petit cercle du dimanche. Et sa sonate
n'était pas longue.

Nous ajouterons que les murs de ces
vieilles maisons du quai des Célestins
sont généralement fort épais. Le piano de
Lily n'offensait point les voisins. C'était
une bonne petite Parisienne qui n'avait
jamais fait de mal à personne.

Elle avait un oiseau dans une cage do-
rée, présent de M. Bonnard le père. C'était
Alexandre Bonnard qui avait acheté l'oiseau. Alexandre Bonnard apportait quelquefois sa flûte pour les morceaux *avec
accompagnement obligé.*

Elle était charitable envers les pauvres ; sa petite bourse ne se gonflait que pour eux. Elle ne disait pas de mal du prochain. Elle allait peu au théâtre, où l'on perd l'esprit qu'on a pour gagner celui de MM. les vaudevillistes. Troc funeste ! Elle avait son esprit à elle, l'esprit que le bon Dieu lui avait donné ! Nous citons ceci avec éloge et comme une des plus rares curiosités qui se puissent rencontrer, soit à Ville-d'Avray, soit à Paris.

Cependant, était-elle jolie ? Vous en jugerez selon votre goût. Elle avait de grands yeux d'un bleu très-sombre, frangés de cils trop longs et trop touffus. A la pension, ses petites camarades se moquaient de ses cils, qu'elles comparaient à des pinceaux. Cette longueur des cils n'est pas le défaut de Paris, où souvent l'œil est chauve. Toutes celles qui se moquaient des grands cils de Lily étaient destinées à s'en faire, pour le soir, avec de l'encre de Chine. Elle avait des cheveux fins, abondants et soyeux qu'elle relevait sur un front large et pur. A la pension, ses petites camarades se moquaient à la fois du front et des cheveux.

— Les jolies femmes, disaient-elles, doivent avoir le front étroit, cela fait mieux pour les bandeaux; quant à tes cheveux, ils ne sont ni noirs ni blonds.

C'était vrai. Les cheveux de Lily étaient bruns avec un léger reflet fauve.

Les petites camarades de Lily avouaient que son nez était bien dessiné, mais la bouche était grande et le cou bien trop long. Quel cou! Elles appelaient Lily : la cigogne. Les cygnes aussi pourtant ont le cou long.

Mains mignonnes, pieds de fée, taille souple comme un gant : à cela, nul prétexte de mordre. Mais Lily avait des couleurs. Fi donc! ses petites camarades lui avaient promis qu'elle ne serait jamais distinguée.

Eh bien, Lily n'en était pas plus triste. Elle avait gardé bon souvenir à ses petites camarades. C'était une riante et joyeuse enfant, la vrai joie de la maison ; je crois qu'elle n'avait jamais eu en sa vie une mauvaise pensée.

Les provinciales seront incrédules. Pour regagner leur estime, j'avouerai que, quand passait sur la Seine, aux premiers beaux jours, l'équipe fringante de *la Ristori,* yole modèle, dont M. Alexandre Bonnard avait l'honneur d'être le capitaine, Lily soupirait quelquefois pendant trois bonnes minutes, — après avoir rougi et souri derrière la mousseline de son rideau, discrètement soulevé.

Il faut ajouter, afin d'être juste, que cet Alexandre Bonnard joignait à son talent sur la flûte un beau mérite de polkeur, qu'il montait fort bien à cheval, qu'il jouait à ravir la comédie bourgeoise, qu'il avait même fait une pièce et plusieurs romans, qu'il chantait les mélodies de Schubert comme un ange, qu'il était complaisant, galant, amoureux, et que son mariage avec Lily était depuis longtemps une affaire réglée entre les deux familles.

Depuis longtemps, vous comprenez. Les choses réglées depuis longtemps ne se font pas toujours. Il survient des obstacles. A l'époque où M. Martin avait sanctionné en riant les fiançailles des deux enfants, M. Bonnard le père était un humble débutant dans la carrière scientifique. M. Martin le dominait de toute la hauteur de ses deux inventions récentes, alors, le gypsium et l'hexadynamie.

Depuis lors, M. Bonnard le père était

devenu professeur, — et Alexandre, au lieu d'étudier, faisait des romans.

Veuillez remarquer ceci : le bon M. Martin, victime des préjugés industriels et des exclusions de boutique, avait des préjugés et des exclusions. Ainsi, dit-on, l'insecte, tourment des nuits du pauvre, a sur son petit corps des insectes infiniment ténus qui lui rendent, à leur insu, les démangeaisons qu'il provoque sans le savoir. Les insectes des insectes doivent avoir aussi de ces hôtes incommodes dont il faudrait des millions pour former la grosseur d'une tête d'épingle.

Tout s'enchaîne ici-bas et se dégrade, depuis la masse écrasante des grands soleils jusqu'à l'atome invisible et impondérable.

L'ordre moral est en tout semblable à l'ordre physique. Tout homme est à la fois opprimé et oppresseur. — Je veux gager que le bourreau lui-même, ce vivant enterré dans le préjugé, a ses préjugés.

Madame Martin devait en avoir considérablement. Elle avait de tout en quantité. C'était la plus opulente nature qui fût à Ville-d'Avray. Elle était large comme une tour et rouge plus qu'un coquelicot. Quand M. Martin l'appelait Rose, ou qu'elle appelait M. Martin Philippe, l'esprit percevait cette saveur honnête et un peu moisie qui se dégage des anciens romans d'amour. Tout rancit, hélas! même le sentiment.

Madame Martin avait pincé autrefois de la guitare. Elle aimait à s'en souvenir. C'était une ancienne jolie femme, dans toute la rigueur du terme. Pas n'est besoin d'avoir l'organe de l'observation bien développé pour savoir qu'une ancienne jolie femme prend autant de place pour elle toute seule dans la vie que dix ou douze personnes ayant été passables; ceci, dans la classe moyenne. Dans le haut monde, il y a un vernis qui fond tout; dans le peuple, il y a le travail qui domine tout.

C'est dans le milieu bourgeois que les petits ridicules et les travers ont véritablement toute leur valeur.

Rose appartenait à cette catégorie de grosses femmes qui sont « agitées, » qui parlent haut et vite, qui remuent leur pesanteur avec véhémence et qui se bercent de ce dada, que rien, autour d'elles, ne marcherait sans elles. Cela fait leur bonheur. Assez ordinairement, ces femmes brusques et charnues ont le cœur obligeant. Elles songent beaucoup à elles-mêmes, mais cela ne les empêche pas de penser aux autres. Il faut bien leur pardonner le bruit qu'elles font, la poussière qu'elles soulèvent, en faveur de la bonté de leur âme.

Ce serait un grand et noble drame que l'histoire de M. et madame Denis racontée au sérieux. L'esprit du chansonnier n'y a trouvé qu'à rire ; mais, sous le comique de ses couplets si bien taillés, il y a de belles larmes cachées.

Souvenez-vous-en ! souvenez-vous-en ! La jeunesse est passée, les rides ont remplacé le velouté de la peau, l'or ou l'ébène de ces chevelures a déteint sous l'injure des années. Où sont les perles qui émaillaient cette bouche souriante ? Pourquoi ne peut-on plus étreindre à bras tendus cette taille inerte qui, jadis, tenait, frémissante, entre les dix doigts ?

L'homme vieillit moins vite que la femme. Si l'homme voyait cette lamentable transformation, ainsi que son voisin ou son valet de chambre, l'homme s'enfuirait épouvanté. L'homme ne la voit pas ; la preuve : c'est qu'il y a de bons vieux ménages.

L'homme ne la voit pas. S'il vous disait : « Je la vois, » refusez de le croire. Celui-là mentirait, dans l'illusion de son cœur.

Il y a un bandeau qui couvre ses yeux. Ce bandeau, c'est la main clémente de Dieu qui l'a noué.

Il se nomme le souvenir.

Ne niez pas cela. N'objectez pas surtout qu'il vient un âge où les qualités physiques sont comptées pour rien. La physiologie la plus élémentaire vous répondrait que l'âme vieillit avec le corps, sous le rapport des dons qui sont les conditions de l'amour. C'est, en quelque sorte, la même loi de décadence.

Non, rien de ce qui constituait l'attrait, rien de ce qui provoquait la passion n'a survécu. La chute est complète. Rosine est devenue la duègne de la comédie. Pourquoi la passion reste-t-elle?

Je sais bien que vous lui donnez diverses dénominations plus ou moins ingénieuses : vous l'appelez estime, sympathie, dévouement, bonne amitié; mais, moi, je vous dis : C'est la passion; je la reconnais. Demandez à Agar expulsée ce que la vieille Sara pouvait sur son époux!

C'est la passion, et c'est la même passion. Des deux côtés, elle a gardé son caractère. L'estime ou la bonne amitié seraient-elles susceptibles des férocités de la jalousie?

Souvenez-vous-en, oh! souvenez-vousen! tout est là. Philémon regarde Baucis déformée, à travers le prisme saint des souvenirs. Sur ce front qui n'a plus la beauté, la couronne symbolique des noces jette toujours le talisman de son ombre; cet œil voilé présentement a, dans le passé, le feu du premier regard d'ivresse. Ce lourd sommeil des soirs parle de veilles charmantes. Aux lueurs tremblantes de la chambre à coucher, c'est le vague fantôme de l'épousée qui soulève encore les couvertures du vieux lit nuptial.

Souvenez-vous-en! On écrit parfois ces mots sublimes en raillant, mais le cœur se venge. Souvenez-vous du baiser suave et chaste, souvenez-vous de l'aveu entrecoupé, souvenez-vous des étonnements et des terreurs. Souvenez-vous-en, car ce flambeau du passé éclaire votre présent; vous vivez encore de l'hostie partagée à cette première heure; vos jeunes amours sont là, comme un dais mystique au-dessus de vos têtes, et ressuscitent en rêve les féeries de votre vingtième année. Souvenez-vous-en!

Il y a autre chose, je ne le nie pas : il y a le contrat loyalement observé, les souf-

frances partagées, les enfants, ce lien
cher et vivant ; mais tout cela fait la
famille et non pas le prestige ; je dirai
plus : tout cela est contraire au prestige.
Le miracle est en dehors de cela ; le miracle est tout entier dans cette pauvre
fleur d'oranger desséchée et fanée, sym-
bole du sacrifice accompli.

M. et madame Martin étaient un peu les
cadets de M. et madame Denis. Madame
Martin n'avait guère plus de quarante-
cinq ans ; M. Martin dépassait à peine la
cinquantaine. C'est le bel âge pour se
souvenir. M. Martin se regardait comme
un homme très-mûr et voyait sa femme
toute jeune. Ç'eût été assez l'avis de madame Martin, sans les rhumatismes que la
bonne dame avait.

Elle se mettait bien, au dire de sa cou-
turière ; on lui laçait ses corsages avec
vigueur ; elle affectionnait les couleurs un

peu éclatantes, tout en proclamant ses préférences pour la *simplicité*. Elle valsait encore avec plaisir ; c'était une forte affaire pour son cavalier. En ces occasions, M. Martin admirait sincèrement sa légèrité, mais le parquet criait son opinion contraire. En revenant à la maison, M. Martin lui disait qu'elle avait été charmante ; elle grondait alors M. Martin, qu'elle accusait d'être un enjôleur. C'étaient de douces scènes qui vous auraient peu diverti.

M. Martin aimait à la voir manger. Sous ce rapport, elle lui donnait beaucoup de satisfaction. Elle buvait aussi d'une façon fort honorable. Naturellement, elle se plaignait volontiers de son peu d'appétit.

Du reste, sa tendresse pour M. Martin avait un caractère éminemment protecteur. Sans elle, le pauvre homme eût fait triste mine dans la vie. Elle se regardait comme son pilote et son bon ange. Elle avait raison. Elle avait tort de le trop dire.

M. Martin n'avait jamais été beau garçon, tant s'en fallait. Il se vantait fréquemment d'avoir été choisi par sa femme en concurrence avec Bonnard le père, qui était un beau. Il ajoutait, et c'était sa seule fatuité :

— Les beaux garçons réussissent rarement auprès des femmes.

Cette opinion ne l'avait jamais empêché d'être jaloux. Après vingt-cinq ans de ménage, il lui restait bien encore quelque vieux levain. Nous n'étonnerons personne en disant que cette jalousie de M. Martin faisait partie intégrante du bonheur de madame Martin.

Ce n'était pourtant pas par suite de jalousie qu'avait eu lieu ce grand refroidissement de M. Martin à l'endroit de M. Bonnard, son meilleur ami, son plus vieux camarade. Du moins, s'il y avait jalousie, c'était une autre acception du même mot. Bonnard avait quatre ou cinq ans de moins que M. Martin; on l'avait nommé professeur, tandis que M. Martin restait dans l'ombre, et M. Martin avait lu depuis peu, dans un journal spécial, que Bonnard allait être décoré.

Nisus se réjouissait des bonheurs d'Euryale. S'il eût été donné à M. Martin de contribuer à l'avancement de Bonnard, peut-être s'en fût-il réjoui. C'est là un petit mystère de notre nature humaine. Mais Bonnard avait fait son chemin sans M. Martin, et Virgile ne songeait point aux bourgeois de Paris quand il a décrit l'amitié d'Euryale et de Nisus. Je voudrais mettre le lecteur en garde contre une exagération. Sans défendre le moins du monde les étroites rancunes de ce bon M. Martin, je dirai que c'était en lui un sentiment peu développé, presque latent;

du moins, il ne s'en rendait nul compte.
J'ajouterai que la vie solitaire, le travail
ardu, la lutte ingrate, peuvent aigrir les
plus sains caractères et que, nonobstant
quelques faiblesses, M. Martin était de la
tête aux pieds ce qui s'appelle un brave et
digne homme.

Notez bien que le fils Bonnard était ca-
notier et qu'il écrivait dans les journaux.
C'est là un double malheur. M. Martin se
donnait cela pour prétexte. Il excommu-
niait le fils Bonnard comme ses nobles
voisins l'excommuniaient lui-même. Les
Chinois ne nous donnent-ils pas le nom de
barbares ?

Outre M. Martin, madame Martin et mademoiselle Lily Martin, la petite maison
de Ville-d'Avray avait encore deux hôtes :
Stanislas Martin, âgé de quatre ans, filleul
de M. Bonnard, et Caroline, vulgairement
Caro, bonne pour tout faire.

Stanislas était un jeune prodige qui avait dit *papa* le vingtième jour de son onzième mois. Madame Martin répétait à qui voulait l'entendre :

— J'ai l'air d'être sa grand'mère.

Mais elle était prodigieusement flattée d'avoir un enfant de cet âge. Elle le gâtait avec un sauvage acharnement. Elle prétendait faire de lui, dans l'avenir, un garde national à cheval.

Caro était une grosse Comtoise très-probe et très-dévouée, qui faisait mal la cuisine.

Le soleil descendait à l'horizon derrière les tilleuls taillés de M. Giraud de Bonnefontaine.

Il avait fait, depuis le matin, un temps superbe, un temps d'été, quoiqu'on ne fût pas encore au milieu du printemps. Avril finissait : c'était la veille du 1er mai, jour de Saint-Philippe, fête de M. Martin. On eût dit, en vérité, que les fleurs se pressaient d'éclore pour lui faire un bouquet. L'air était plein des bonnes senteurs de la giroflée ; le lilas penchait de toutes parts ses grappes odorantes, et quelques roses déjà entr'ouvraient çà et là leur opulente corolle.

Mademoiselle Lily était sur la terrasse, dans le berceau qui dominait la rue. Le chèvrefeuille et la vigne vierge ne calfeutraient pas encore toutes les ouvertures du treillage. Il y avait des trous par lesquels mademoiselle Lily regardait le pavé d'un air impatient et inquiet. Stanislas jouait en bas de la terrasse. Il était en train de labourer à fond un semis que le jardinier venait de faire. Caro, sa surveillante ordinaire, n'était pas là ; Stanislas profitait de son absence pour opérer le plus de ravages qu'il pouvait. Ayant bien saccagé le semis, il essaya de faire un trou pour enterrer son zouave.

Pourquoi mademoiselle Lily était-elle inquiète, et pourquoi Caro manquait-elle à son poste?

Là-bas, tout à l'autre bout du jardin, il y avait une petite porte donnant sur une ruelle qui desservait la propriété de madame Albert de Lustrac. M. Martin avait souvent travaillé dans cette ruelle, dont le sol contenait de remarquables échantillons de gypsium à l'état terreux. La porte était entr'ouverte. Caro causait avec un bon gros garçon qui avait la tournure d'un apprenti valet de chambre.

Mon Dieu, oui; c'était encore un des griefs de M. Martin contre les Bonnard: ils avaient *un domestique mâle*. M. Martin trouvait cela inconvenant. Il appelait toujours François « le laquais » des Bonnard, et avec quelle amertume! Caro ne paraissait avoir aucun grief contre François. Ils causaient tous deux de bonne amitié, tandis que Stanislas enterrait son bébé tout vif.

Mademoiselle Lily, lasse d'inspecter la rue où personne ne passait, avait mis sa jolie tête dans sa main. Je crois, en conscience, qu'elle rêvait. Cela vient vers dix-sept ans, quelquefois auparavant. A quoi rêvait-elle? Souvent, ce sont les lectures qui font naître le premier rêve des jeunes filles. Mais le livre ouvert auprès d'elle sur la table champêtre était un *Robinson Crusoé*.

C'était presque une enfant. Toutes les douces espiègleries de l'enfance étaient sur ce visage charmant, qu'ombrageaient les larges bords du chapeau de paille cher aux bergères parisiennes. Sa taille, dessinée par les plis de la percale blanche à petits pois bleus, gardait les gracieuses promesses de l'adolescence. A quoi rêvait-elle?

Vous l'eussiez vue sourire derrière l'abri de ses doigts transparents ; puis la riche frange de ses cils s'abaissait, voilant le sombre azur de ses grands yeux. C'était déjà la mélancolie. C'était aussi la colère, car son pied mignon frappait soudain le sable tamisé. Et Stanislas, libre d'accomplir son forfait, avait déjà mis de la terre jusqu'au cou de son malheureux zouave.

Tout à coup, le pas d'un cheval se fit entendre au détour de la rue. Mademoiselle Lily eut un tressaillement léger. Son regard plus vif passa comme un trait au travers de ses doigts disjoints. Elle devint plus pâle, puis ses joues se colorèrent doucement.

Le cheval était monté par un beau jeune homme qui leva la tête en passant sous la terrasse. Il allait au pas, le poing sur la hanche et le cigare aux lèvres. — M. Martin reprochait encore cela aux Bonnard : le cigare! Le beau jeune homme s'inclina en souriant. Mademoiselle Lily demeura immobile.

Mais cette percale laisse voir si bien les battements d'un petit cœur!

Le beau jeune homme, cependant, s'arrêta juste au bout du berceau. Le mur était bas. Le chapeau du cavalier atteignait presque les jeunes pousses d'un jasmin qui s'enlaçaient dans le treillage. La main de mademoiselle Lily tremblait. Je ne sais ce qui serait arrivé si Stanislas n'eût poussé, à ce moment, des cris effroyables, parce qu'il s'était un peu éraillé le doigt avec sa bêche. Ce Stanislas était gros comme un rat, mais il avait une voix qui s'entendait de Sèvres. Mademoiselle Lily se leva en sursaut, et le cavalier dut continuer sa route.

Il est probable qu'il rencontra François aux abords de l'église, car les clameurs du jeune Stanislas avaient troublé un autre tête-à-tête. Caro accourait à toutes jambes au travers des gazons. Quand elle arriva auprès de l'héritier Martin, Lily le tenait déjà dans ses bras, et ce cher enfant criait pour qu'on lui donnât la paix. Il était guéri.

— Où étiez-vous donc, Caroline? demanda Lily avec quelque sévérité.

— Je faisais le tour, répondit ingénument la bonne. Mademoiselle ne m'a donc pas vue sortir de la maison?... Mademoiselle regardait le cheval de M. Alexandre?

Lily tourna la tête en rougissant, et Stanislas dit :

— Je l'aime bien, Alexandre; il me fait faire la culbute... mais papa a dit que Bichette ne serait jamais madame Bonnard... J'ai enterré mon zouave.

II

— Étude de bonne à tout faire —

Caro regarda sa jolie maîtresse en clignant de l'œil.

— Qui vivra verra, dit-elle.

Stanislas était retourné à ses affaires : il fourrageait à même dans un plan de jacinthes.

— Dites-moi donc un petit peu, mademoiselle Lily, reprit Caro, qui se rapprocha confidentiellement, qu'est-ce que c'est qu'un secrétaire général?

— C'est un homme qui a une place de confiance auprès du ministre.

— Ah! oui-da!... Et le ministre?...

— Le ministre est le maître après l'empereur.

— Voyez-vous ça! s'écria Caro ; — alors, le ministre, c'est donc plus qu'un banquier.

— Je crois bien, ma pauvre Caro!

— Vous comprenez, moi, je ne sais pas... il n'y a point de ministre chez nous... Et le secrétaire général, est-ce plus qu'un banquier?

— Sans doute... quoiqu'il y ait des banquiers très-puissants.

— Celui d'en face?.. Sept domestiques... mais ça marchande chez le boucher!.. Et un banquier est-il autant qu'un agent de change?

— Pourquoi me demandez-vous tout cela, Caro?

— Pour savoir, comprenez-bien... s'il fallait choisir une maison...

— Est-ce que vous pensez à nous quitter?

— Jésus, non!.. Madame grondaille pas mal, mais vous êtes de bon monde... C'est pour François s'entend... malgré qu'il ne songe pas non plus à congédier les Bonnard... Quel amour d'homme que ce M. Alexandre!.. Comprenez-bien : François se forme; il n'est pas mal, ce garçon-là... il est même joliment bâti... et, si un malheur arrivait... Un avoué, est-ce plus qu'un secrétaire général?

— Tant s'en faut!

— Et les courtiers marrons?

— Encore moins.

— Je vas vous dire... Il paraît que les ouvriers sont venus toute la semaine chez M. Delaunay, pour son grand bal de cette nuit. On en parle, on en bavarde; tout Ville-d'Avray est sens dessus dessous... Les Bonnard sont invités.

— Ah !.. fit mademoiselle Lily, qui se pinça les lèvres.

— Le ministre viendra... C'est-il moi qui voudrait voir le ministre !.. L'avez-vous vu, vous, mademoiselle Lily ?

-- Pas celui de M. Delaunay, répliqua la jeune fille.

— Il y a donc un ministre par chaque secrétaire général ? demanda la grosse Comtoise.

— Précisément, répondit Lily en souriant.

— Vous riez ? J'ai peut-être échappé une inconséquence... mais on ne se forme pas dans une maison comme ici... Et vous n'êtes pas invités, vous autres, chez le secrétaire général ?

— Je ne crois pas, fit Lily, qui tourna la tête.

Caro n'était pas méchante.

— Quant à ça, s'écria-t-elle, y en a bien

d'autres que vous ? Les banquiers d'en face
ont fait des pieds et des mains pour avoir
une invitation. La dame et la demoiselle
enragent. Paraît qu'il n'y aura que des
gens tout à fait comme il faut.

— Voilà que le soleil est passé, dit Lily
brusquement ; — je vais arroser mes
fleurs... Veillez à mon petit frère, Caroline.

Le petit frère n'avait nul besoin de
surveillance : il avait trouvé une planche,
et, se servant de sa bêche comme d'un
hachoir, il réduisait soigneusement les
jacinthes en fines herbes.

Lily croyait s'esquiver sous ce prétexte
de donner un peu d'eau à ses fleurs
altérées, mais Caro n'avait pas fini de
causer. Caro était de bonne humeur à
cause de François, qui avait été aimable ;
elle se mit à suivre Lily du parterre à la
pièce d'eau, et de la pièce d'eau au parterre.

— Je tirerai l'eau, dit-elle, — et vous arroserez, puisque ça vous amuse.

On ne pouvait refuser cela, surtout à cause de la robe de percale blanche à pois bleus.

En remplissant le premier arrosoir, Caro reprit :

— Jamais on n'aura vu tant de verres de couleur à Ville-d'Avray?.. Le ministre y sera, et sa dame... Comment donc que m'a dit François? L'instruction...

— L'instruction publique?

— Juste... Qu'est-ce qu'elle fait, celle-là?

— Vous sentez bien, Caroline, dit Lily avant de répondre, que nous n'aurions pu aller au bal ce soir, quand même nous aurions reçu notre lettre... La fête de mon père...

— C'est vrai que c'est demain la Saint-Philippe... Donnez l'arrosoir.

Caro plongea le vase mignon dans la pièce d'eau.

Mais, remarquez, je vous prie, cette expression : *notre lettre*. On avait donc espéré une lettre? On s'était efforcé peut-être...

— L'an dernier, poursuivit Caro, agenouillée auprès du bassin, — tout était en l'air ici pour la surprise... Est-ce qu'on ne fera pas de surprise, cette année?

— Maman ne m'a rien dit, répliqua Lily qui prit un air mystérieux. — Voilà déjà ces pauvres paquerettes fanées... Comme les fleurs s'en vont vite !

— C'est comme la jeunesse, qu'on dit aux Folies, où j'ai été cet hiver... Ça m'amuserait drôlement, d'avoir toutes mes soirées pour aller aux Folies et aux Délassements... Mais rien ne m'ôterait de l'idée qu'il y a quelque chose dans c'te maison-ci !

— Comment! quelque chose? se récria mademoiselle Lily.

Caro poussa un profond soupir et leva les yeux au ciel.

— Un si bon ménage! ajouta-t-elle.

— Ah çà! fit la jeune fille, qui posa son arrosoir, — est-ce que vous perdez la tête?

— Qu'on le disait encore hier chez le boulanger, continua Caro plaintivement; — un si bon ménage, quoi! des vieux tourtereaux de Canarie!

— Et pourquoi disait-on cela chez le boulanger?

— Par rapport à l'intérieur de l'agent de change, là-bas, vers les étangs, dont la dame a pris un abonnement au chemin de fer... Dès qu'il est parti, elle décampe... Moi, je leur ai dit : « Si elle a ses affaires... ça ne vous regarde pas... » Mais, pour en revenir à M. et madame... Est-ce que mademoiselle n'arrose plus ?...

— Non, je n'arrose plus.

— Ça ne fera ni chaud ni froid aux plates-bandes, non... L'arrosoir de mademoiselle ne tient pas une carafe d'eau... Il y a donc que madame va à Paris pendant que monsieur trotte dans les bois pour ramasser des brins de foin et des petites pierres... A quoi ça lui sert ? Je n'en sais rien... Vous me direz que c'est une femme d'âge...

— Maman est encore très-bien, l'interrompit Lily.

— On dirait que M. Bonnard le père est de cet avis-là, repartit Caro.

Et, comme sa jeune maîtresse la regardait, offensée :

- En tout bien tout honneur, s'entend, se reprit-elle. N'empêche que monsieur lui a défendu de voir les Bonnard... à madame !

— Vous en savez plus long que moi, Caroline, à ce qu'il paraît!

— Pour ça, oui... et c'est bien drôle qu'on se sépare ainsi d'avec des amis de trente ans!... Je dis le père, car M. Alexandre n'en a pas vingt-cinq... Et il n'y a eu ni fâche, ni brouille, ni vitres cassées... rien de rien... sinon le dessous des cartes.

— Mon père est le maître, dit Lily, qui était toute triste.

— Le maître d'aller se promener dans le cordon du Nord ou sur la route des Jardies, oui, répliqua la Comtoise d'un air malin... mais madame a encore passé la journée d'hier avec M. Bonnard.

— Qui vous a dit cela?

— Oh! fit Caro, François va et vient, on se rencontre...

— Vous le rencontrez bien souvent, ce François!

— Quand ça se trouve... il ne vient pas

plus souvent à Ville-d'Avray que son jeune maître.

Lily eut la bouche fermée. Caro, qui la regardait en dessous, poursuivit :

— Les jours de froid, là-bas, sous la tonnelle, il fait un vent à décorner les bœufs; les jours de chaud, on y étouffe. Pourquoi que vous choisissez cet endroit-là pour travailler, mademoiselle Lily?

— On y est tranquille, répondit la jeune fille, qui avait grande envie de se fâcher...

— J'aurais cru qu'on était plus tranquille ici, en bas, rapport au passage de la rue... Mais des goûts et des couleurs... Ah! ce n'est toujours pas la faute de madame si on s'est brouillé avec les MM. Bonnard... Jésus Dieu! les a-t-elle défendus!

— On les a donc attaqués?

— Je m'entends... Monsieur ne peut

plus les sentir, quoi!... Tout ce qu'ils font est mal fait...

— Il vous l'a dit?

— Non... à madame.

— Mais vous écoutez donc aux portes, décidément, Caroline?

— Moi! se récria la Comtoise, écouter aux portes?... Je ne suis qu'une pauvre domestique, mais écouter aux portes!... Vous ne me connaissez pas, mademoiselle Lily... C'était à la fenêtre...

Lily ne put s'empêcher de rire.

Caro continua, sur le ton de l'indignation :

— A la fenêtre de la cour... J'étais là pour mon ouvrage, pas vrai?... Ils causaient tous deux; moi, je ne peux pas les empêcher de causer... Ils se croyaient seuls... ils parlaient de ceci, de cela, de M. Bonnard le père, de M. Alexandre, de vous...

— Ah! fit Lily en se rapprochant, — de moi?...

'— Monsieur se fâchait, madame rageait...

— A propos de moi?

— Tout de même... monsieur surtout... Ah! il en disait de belles!

— Mais que disait-il donc, Caro? demanda la charmante fillette d'un ton radouci.

Elle s'était assise sur l'une des pierres moussues qui formaient les assises de la grotte, au bout de la pièce d'eau. Caro était tout uniment accroupie sur l'herbe.

A cette question précise, Caro se recueillit.

— Il disait... répliqua-t-elle. Attendez voir que je me souvienne... D'abord, il disait ce qu'il dit toujours : qu'il est un homme froid, un homme calme... qu'il ne s'enlève pas comme une soupe au lait...

Je ne l'ai jamais vu se mettre en colère sans chanter cette chanson-là... Ne croyez pas que ça m'empêche de le respecter, au moins, mademoiselle Lily... C'est la meilleure créature que je connaisse... mais enfin, vous demandez ce qu'il disait; il disait comme ça : « On me connaît, que diable ! Je suis un homme sans préjugés, sans parti pris, sans exagération, sans... » Écoutez-donc, j'en ai oublié pas mal, moi, des défauts qui lui manquent, à votre papa... Je me souviens seulement qu'il reprochait à madame d'être tout le contraire de lui, d'avoir des lubies, des fixités, comme on dit... au lieu que lui, votre papa, suit son chemin tout droit, sans regarder à droite ni à gauche, à l'abri des entraînements de la passion... Je crois que c'est ça... N'ayant jamais lu un roman, qui sont pleins de balivernes contre la sagesse et la conduite, méprisant le théâtre, — pour ça, il a tort, — et voyant la vie telle qu'elle est, mordicus !

Ici, Caro respira.

Lily dit :

— Je ne vois rien là dedans qui me regarde.

— Attendez donc ; c'est pour arriver aux Bonnard... Il disait que ça ne l'étonnait pas que madame ne partageait pas ses idées, qu'elle avait toujours eu l'esprit à l'envers...

— Mon père ne parle jamais ainsi à ma mère, dit sèchement Lily.

— Devant vous, c'est possible... et puis je n'ai pas eu d'éducation dans mon pays... M. Martin, qui est un savant, parle autrement que moi... mais, au fond, ça y est... N'empêche que j'ai déjà vu bien des ménages et pas un comme eux pour roucouler jusque dans la vieillesse... Mais les amoureux, pas vrai, ça se dispute... Mon-

sieur et madame, c'est des amoureux...
Il disait donc que madame partageait bien
mieux, de préférence, les idées de M. Bonnard, qui est un étourneau du numéro
premier et un ahuri de sans-cervelle malgré ses cheveux grisonnants... qu'il veut
faire insolemment sa tête depuis peu,
d'avoir un valet de chambre et de laisser
son fils courir à cheval, comme un héritier
de bonne maison... qu'il a eu le tort de
mal éduquer ce jeune homme, dont il avait
montré d'abord de belles dispositions
pour l'étude... en place de quoi, M. Bonnard le père souffrait qu'il écrit des
fanfreluches dans les journaux, et qu'il
est l'auteur de romans des cabinets de
lecture... que son nom est affiché sur les
portes dans Ville-d'Avray!

— Mon père disait cela? murmura Lily.

— Tout au long, répliqua la Comtoise,
et vous voyez bien que ça vous regarde!

Lily baissa la tête en rougissant.

— Si bien, reprit Caro, d'un air d'importance, que tout ça ne plaît pas à monsieur ni peu ni beaucoup... et qu'il a dit en finissant que jamais mademoiselle Martin ne serait l'épouse d'un Alexandre Bonnard!

— Et que répondait maman? demanda la jeune fille en étouffant un gros soupir.

— Autre chanson!... Madame a la sienne comme monsieur... et ça n'ôte rien au respect que je vous dois à tous... Madame répondait que monsieur voulait faire le méchant, mais qu'il était doux comme un troupeau de moutons... allez!... et que ça n'avait pas de bon sens de se hérisser de même quand on était une bonne âme... que, tout en cherchant des herbages et des cailloux, il se fourrait un tas d'idées biscornues dans l'esprit... qu'il exagérait tout, malgré qu'il dise toujours : « Je n'exagère rien... » qu'il se faisait du mal avec ses rages... et que ce n'est pas beau d'être envieux.

— Mais..., l'interrompit Lily, — pour ce qui concerne les messieurs Bonnard...?

— Bien! bien! on y arrive tout doucement... Je laisse le père de côté, pas vrai?.. Je prends le fils. Elle disait : « Ça fait honte d'entendre habiller de même un charmant jeune homme, un jeune homme doux, honnête, spirituel, rangé, musicien, bien habillé, enfin un modèle, quoi! »

— Bonne mère! soupira Lily.

— Qu'il n'était pas un paresseux, qu'il avait une place au ministère, qu'il la remplissait très-bien, et qu'après la rentrée il aurait de l'avancement.

— Excellente mère!

Lily avait ses beaux yeux tout humides.

— Et qu'on n'était pas un malfaiteur, poursuivit Caro, dont la grosse lèvre raillait, ma foi, un petit peu, — pour écrire de temps et temps quelques jolis vers...

— Oh! fit Lily, — des vers si bien tournés!

— Je ne m'y connais pas, quant à ça... qu'on ne montait pas sur l'échafaud—que disait encore madame — pour avoir publié des romans que tout le monde s'arrache...

— Tout le monde, l'interrompit Lily, — ce n'est que la vérité... un succès fou!

— Et qu'en définitive, il faudrait bien en venir au mariage un jour ou l'autre, puisque l'inclination y était des deux côtés.

Lily était plus rouge qu'une cerise.

— Ah! murmura-t-elle, ma mère a dit cela?

— Haut et ferme!

— Vous êtes bien sûre de l'avoir entendu?

— Comme je suis sûre de vous voir là devant moi... j'avais l'oreille à la persienne.

Mademoiselle Lily n'en était plus à blâmer l'indiscrète curiosité de sa suivante.

— Et mon père, demanda-t-elle d'un air pensif, — qu'a-t-il répondu?

— Des bêtises, répliqua Caro sans hésiter.

Lily protesta, mais pas trop sévèrement, parce qu'elle voulait savoir.

— Quoi donc! reprit la Comtoise, — ça ne l'empêche pas d'être un brave homme... mais il se fâche tout rouge du premier coup... il crie... il se démène... tout en disant : « Je suis calme, je raisonne tranquillement... » C'est tout de même farce, les philosophes!

— N'oubliez pas que vous parlez de mon père, Caro!

— Je vous dis que ça ne l'empêche pas d'être un brave homme... mais j'ai cru qu'il allait tout casser... Parole! il était comme un enragé.

— Et ma mère?

— Madame a tenu bon... En voilà une qui n'a pas froid aux yeux!... elle a dit qu'une plume valait bien un marteau à casser les petites pierres...

— Papa a dû se fâcher bien fort.

— Pas plus fort qu'avant... ça ne se pouvait pas... Elle a dit encore : « Si vous tendez la corde, la corde se rompra! »

— Quelle corde? demanda ingénument mademoiselle Lily.

Caro haussa les épaules.

— La corde qui tient les oiseaux par la patte, pardié! répliqua-t-elle;—vous êtes pourtant de Paris et moi de mon village!... C'était une menace, quoi! comme qui dirait : « Mademoiselle Lily pourrait bien prendre le mors aux dents... »

— Vraiment ! fit la jeune fille. — Et mon père ?

— Il a juré comme un païen !

— Vraiment ! mon père ! il a juré !... Et ma mère ?

— Elle a pleuré, c'est tout simple, ça !

— Ma mère ! est-ce possible ! Et mon père ?

— Ah ! dame, ça m'a bien étonnée ! Il n'a pas mis les pouces. Il a eu le dernier mot. Il s'en est allé en disant : « Je ferme ma porte aux Bonnard ! Jamais les Bonnard ne passeront le seuil de ma maison... » et bien d'autres choses... Il était déjà devant l'église, qu'il parlait encore.

— Et ma mère ? demanda Lily en gémissant.

Caro la regarda un instant sans répondre.

— Madame est restée toute seule, répliqua-t-elle enfin.

Puis, comme Lily, toute pâle, étouffait un grand soupir, elle ajouta :

— Mais il ne faut pas trop vous désoler, voyez-vous ; quand monsieur a été parti, madame s'est mise à rire.

— Lily ! Caroline ! cria en ce moment une voix aiguë du côté de la maison ; — qu'est-ce donc ? n'y a-t-il personne ? Quand je ne suis pas là, rien ne marche... Caroline ! Lily !

A cet appel, les cris perçants de Stanislas répondirent aussitôt. Il jeta sa bêche au centre d'une belle cloche de verre qui protégeait un semis de melons, et s'élança vers sa mère, dont l'éclatant visage apparaissait à l'une des fenêtres du logis.

La cloche fut brisée en mille pièces ; — mais les melons ne seraient pas venus.

— Au moins, dit Caro à Lily, qui essuyait vivement une larme,—ne faites pas mine que je vous ai conté la moindre des choses !

— Caroline ! Lily ! Stanislas ! voulez-vous bien ne pas courir si vite !... On me tuera cet enfant-là !... Je ne devrais jamais quitter la maison !

Caro et Lily rattrapèrent Stanislas dans l'escalier au moment où il allait faire la culbute.

Madame Martin les attendait sur le palier.

— T'es-tu bien ennuyé après ta mère, amour chéri ? demanda-t-elle en prenant Stanislas dans ses bras.

— Non, répondit l'héritier ; — j'ai enterré mon zouave.

— Où va-t-il chercher tout ce qu'il dit ! murmura la grosse dame en le dévorant de baisers. — A-t-il été sage ?

— Toujours assez, repartit Caro, — quand madame n'est pas là.

— Vous, s'écria madame Martin, — je viens de passer à la cuisine : la vaisselle n'est pas lavée, le feu brûle... Rien n'est fait dès que je m'absente... Je finirai par ne plus sortir !

Stanislas tournait autour de sa vaste robe, élargie par une crinoline hautement inutile. Elle s'interrompit pour dire avec attendrissement :

— Comme il aime sa grosse mère, voyez, cet ange-là !

A quoi Stanislas répliqua :

— Dis donc ! est-ce que tu n'as rien rapporté ?

— Aujourd'hui, non, mon bijou... je n'ai pas eu le temps... Si tu savais ce que j'ai fait depuis ce matin...

Stanislas se roula incontinent par terre en poussant des cris effrayants.

— Emmenez-le coucher ! ordonna madame Martin.

La Comtoise le saisit comme un paquet, non sans dire à demi-voix :

— C'est étonnant comme il aime sa grosse mémère, cet ange-là !... Venez à dodo !

Madame Martin prit le bras de sa fille et l'entraîna au salon. Elle se souvint tout à coup qu'elle était très-essoufflée ; elle s'éventa avec son mouchoir et tomba dans un fauteuil en disant :

— Il n'y a que moi pour tout faire ! J'ai travaillé aujourd'hui comme dix hommes... Vous saurez tout, mon enfant ; il est temps que ce secret vous soit révélé... Vous connaîtrez enfin le cœur de votre mère... Un verre d'eau... pure... avec un peu de sucre et de cognac... A ce métier-là, on use sa vie... Tant mieux ! quand je ne serai plus là, on saura peut-être ce que je valais !

III

— Rose et Philippe —

Le salon de M. et madame Martin était
meublé avec une simplicité qui n'excluait
pas le mauvais goût. Lily avait, il est vrai,
brodé quelques dessus de fauteuil d'un
dessin fort gracieux, mais ce n'était pas
Lily qui avait choisi la pendule et les
candélabres. Les siéges, eux-mêmes, exis-
taient avant Lily. Madame Martin avait,
en fait d'art, des préférences hardies ;
M. Martin aimait les choses gentillettes,
les bronzes dorés, jaune tendre, où il y a
des troubadours, des chevaliers, des

pages. Cela contrastait avec l'austérité de son caractère.

Madame Martin, au contraire, affectionnait le bronze noir, les hommes à manteau flottant, rattaché au cou par une torsade, les bottes évasées, les chapeaux larges, ornés d'une plume relevée par le vent violent de la tempête : le genre *Corinne, ou l'Italie!* Ce genre, vous le savez, est une pyramide qui porte à son sommet la belle statue de madame de Staël, et qui cache sa base déshonorée dans la collection complète des romances idiotes avec accompagnement de guitare.

C'était un peu par la base que madame Martin aimait le genre Corinne.

Comme le ménage Martin était un bon ménage, disons plus, un ménage amoureux, le goût de madame Martin avait tout naturellement opprimé celui de M. Martin. La garniture de cheminée seule montrait,

sous verre, quelques innocentes et conso-
lantes dorures. Le reste était sombre
comme la poésie des cœurs désolés.
Quatre lithographies coloriées, surtout,
pendues aux murailles dans leurs cadres
d'ébène, résumaient les tendresses artis-
tiques et littéraires de madame Martin.
La première représentait Oswald, sur le
rocher, donnant les mèches de ses cheveux à la brise ; la seconde, l'enlèvement
nocturne de Julie de Merville par le perfide
Giuseppe Marescalchi, tel qu'il est
décrit dans le *Château de San Giovanni, ou
les Deux Issues du souterrain*, par la ba-
ronne de Verteuil ; la troisième, le duel
aux torches entre Francavilla et Orsini,
l'un des épisodes les plus saisissants de *la
Vengeance des Morts*; la quatrième, l'assas-
sinat de Philippe d'Aulnay dans *la Tour de
Nesle*.

Ce dernier sujet tournait au romantisme

moderne. Mais les estafiers de Marguerite de Bourgogne ont de si grandes épées !

La moyenne de ces quatre sujets mal lithographiés, dégagée avec soin et scrupuleusement exprimée, serait, sauf erreur, la quantité artistique représentée par *Cœlina, ou l'Enfant du mystère*. Tel était, en effet, à peu de chose près, le niveau intellectuel de madame Martin, au point de vue littéraire ; mais, sous d'autres rapports, elle était bien plus forte que cela.

Entre les lithographies, on voyait quelques portraits de famille : M. Martin à l'âge de trente-sept ans, madame Martin en grande toilette, Lily toute petite, et Stanislas, photographié dans son berceau. Notez que nous sommes à la campagne ; le salon du quai des Célestins était peut-être beaucoup plus beau.

La nuit s'en allait tombant. Madame

Martin et mademoiselle Lily étaient assises
côte à côte sur le canapé, dont madame
Martin occupait exactement les trois
quarts. Caro couchait M. Stanislas.

On voyait sur le guéridon et sur les
meubles le mantelet de madame Martin,
son chapeau, qui semblait un énorme
buisson de roses, son mouchoir, ses
gants, son ombrelle. Ces divers objets
étaient toujours semés çà et là, parce
qu'elle était toujours si pressée! Vous ne
vous douteriez jamais de l'ouvrage que
faisait cette grosse madame Martin. Rien
que pour compter son linge avec le blan-
chisseur, elle dépensait plus d'activité,
plus d'agitation, plus d'efforts que le ministre des finances pour encaisser les
revenus nationaux. Aussi, perdait-elle
chaque semaine plusieurs serviettes.

Au milieu de ce clair-obscur qui emplis-
sait le salon, vous l'eussiez prise encore

pour une jolie femme, sans les profils éléphantins de son buste. Les lueurs trompeuses du crépuscule rendaient à ses traits toute leur régularité ; ses cheveux paraissaient blonds comme autrefois, et l'offensant éclat de sa fraîcheur s'adoucissait en des tons d'un rose presque raisonnable.

Il faut croire qu'elle avait fait à Lily cette grande confidence si solennellement annoncée, car la jeune fille restait muette auprès d'elle. Madame Martin jouissait évidemment de ce trouble.

— Voilà, dit-elle avec un triomphe naïf, voilà comme je suis, moi, ma bonne petite... je n'y vais pas quatre chemins !... Si j'avais été homme, j'aurais soulevé des montagnes... Ah ! ah ! j'ai vite fait un tour ! Quand on me croit de l'autre côté de la rivière, j'ai déjà passé le pont. J'en connais qui seraient bien embarrassées. Je deman-

derais seulement que toutes les femmes
fussent comme moi, et l'on en verrait de
drôles !

— Mais..., murmura Lily, qui restait
toute pensive, si papa savait...?

— Il ne le saura pas!... On me connaît
bien ! M. Martin est le maître. Je n'aurais
pas voulu d'un homme qui n'aurait pas su
porter les culottes, d'abord ! Les femmes
qui mènent leur mari par le bout du nez,
ça me révolte... M. Martin a le droit de
commander : je le respecte ; c'est un grand
savant, quoi qu'en disent les imbéciles...
C'est même un homme étonnant, et ils
n'ont pas son pareil dans leurs académies... mais je n'ai pas peur de lui, après
vingt-cinq ans de mariage, peut-être !...
On se connaît à l'usé!... Je l'aime assez
pour faire à ma tête, quand ça me con-
vient... Nous ne sommes plus des tourtereaux...

— A votre place, ma bonne mère..., commença Lily.

— Je te dis que tu n'y entends rien ! Est-ce clair ? Auras-tu le caractère de ton père ? Faudra-t-il discuter deux heures avec toi pour la moindre des choses ?...

Elle se leva impétueusement. Presque jamais une grosse femme ne sait rester en place. Elle vint boire une gorgée au verre d'eau qui était sur la table.

— Ah ! s'écria-t-elle, moi, je peux me vanter de n'être pas secondée ! Personne ne me comprend, personne ! Il faut que je sois à la fois le capitaine et les soldats... Heureusement que je suis forte... mais je m'userai, à la fin... Dieu veuille que tout aille à peu près quand je ne serai plus là !

Elle poussa un long soupir et revint lentement au canapé. Mais, au lieu de s'y asseoir, elle consulta sa montre et s'écria :

— Tu me fais causer, petite ! Toujours

des paroles inutiles ! Nous n'avons que le temps... Voyons ! à ta toilette !

— Maman, chère maman, objecta Lily, qui se leva pourtant, pensez donc que mon père pourrait rentrer...

— Il est sorti après le dîner, répondit madame Martin, sûre de son fait ; il a pris par le chemin de fer. Il fera son tour au café, là-bas, devant la grille du parc... Il ne rentre pas avant dix heures et demie... à dix heures, nous aurons notre affaire, à moins que le guignon ne s'en mêle, et alors, je ne tiens plus à rien... je jette le manche après la cognée, je donne ma démission... A ta toilette ! Ces messieurs nous attendent.

— Ces messieurs ! répéta Lily, dont la voix trahit un sourire ; M. Alexandre y est donc ?

— M. Alexandre y est donc ? répéta madame Martin en contrefaisant la voix de sa

fille; et dire que c'est moi qui fais tout!
tout! Oui, M. Alexandre y est... il faut que
M. Alexandre y soit...

— Partie carrée, quoi! grommela Caro,
qui écoutait depuis quelques secondes à la
porte du salon.

Malheureusement, cette pauvre Caro
avait pris le rhume. Elle eut une quinte de
toux.

— Que faites-vous là, ma fille? demanda
madame Martin sévèrement.

— Je venais vous dire, répliqua Caro,
que monsieur arrive par la ruelle.

Il y a un dieu pour les écouteuses.

Madame Martin entra en fièvre aussitôt.
Elle s'élança vers son châle, qu'elle aban-
donna pour prendre son chapeau. Un de
ses gants tomba. En voulant le ramasser,
elle brisa son ombrelle. Si les pauvres
grosses dames affligées de cette maladie
comique, l'agitation, étaient une fois cou-

pables, il leur serait bien difficile de cacher leurs méfaits. Innocentes qu'elles sont, elles ont sans cesse l'air de l'avoir échappé belle. Vous croiriez à chaque instant que leur trouble est la voix d'une conscience en détresse qui crie : « Une minute plus tôt, j'étais prise sur le fait! » Leur candeur répand un parfum de flagrant délit.

— M. Martin!... s'écria-t-elle; — dans la ruelle... à l'heure qu'il est?... Aurait-il des soupçons!... Lily, aidez-moi à faire disparaître tout cela!... Caroline, je ne suis pas sortie... me comprenez-vous?

— Pardine! oui, répliqua la Comtoise... vous voulez faire croire à monsieur que vous êtes restée à la maison... Soyez tranquille, je ne m'ai pas gagée ici pour *moucharder*.

Madame Martin eut aussitôt une *révolution*.

Ceci est un mot éminemment parisien. Toutes les femmes de Paris ont des
révolutions. Les médecins eux-mêmes
commencent à employer ce mot expressif.
Une révolution casse du premier coup les
bras et les jambes de ces dames. Ce sont
leurs nerfs, qui font des barricades à l'intérieur.

Madame Martin crispa d'une main les
roses de son chapeau ; de l'autre, elle
s'accrocha à l'épaule de Lily.

— Moucharder !... répéta-t-elle. — Faut-il
subir les soupçons dégradants de cette
fille ! faut-il accepter ce comble de l'humi-
liation ! dans ma propre maison ! de la
part d'une créature que je paye, après toute
une vie de conduite irréprochable !...

— Mais, ma bonne mère..., voulut dire
Lily.

— Taisez-vous !... je dévorerai l'af-
front !.. Emportez ces divers objets, qui

pourraient me trahir... Cette fille m'a fait
bien du mal !

Caro était à la porte du corridor qui
donnait sur la ruelle.

— Vous n'avez pas besoin de tant vous
depêcher, dit-elle ; — monsieur est en
'train de causer.

Madame Martin serra le bras de Lily.

— Cette fille prend déjà des airs protec-
teurs ! murmura-t-elle. — Que ceci soit
une leçon pour toi, ma minette... Les
malheureuses qui ont des secrets vivent à
la merci de leur femme de chambre...
j'en ai connu... Te souviens-tu de madame
Mesnil, la femme de l'agréé ?.. Mais je ne
peux pas souffrir les médisances... Je suis
poursuivie par le guignon, c'est clair !
M. Martin rentre justement aujourd'hui.
Pourquoi ? Parce que j'avais besoin qu'il
ne rentrât pas ! Rien ne me réussit...
Mais je sais me roidir contre les obstacles,

voyez-vous, ma chère enfant. Prenez
exemple sur moi... Caro!

— Madame?

— Avec qui cause monsieur?

— Je vous le donnerais bien en mille...
Avec les messieurs Bonnard.

Madame Martin lâcha l'épaule de Lily et
ses deux bras tombèrent.

— Les malheureux vont tout perdre!
s'écria-t-elle en se laissant choir sur le
canapé. — Pourquoi venir si près de la
maison? Non! ces choses-là n'arrivent qu'à
moi... Se disputent-ils?

— Ils n'en ont pas l'air, répondit Caro. —
Monsieur leur montre ses petits cailloux.

— Et le temps passe! reprit madame
Martin. — Comment éloigner monsieur
maintenant, quand une fois il est in-
stallé...?

— Voilà monsieur qui monte, dit Caro.

Ce fut un sauve-qui-peut général. Madame Martin accepta le bras de Caro pour regagner sa chambre à coucher, où les diverses pièces de sa toilette de ville devaient être dissimulées. Elle fit plus : en traversant le corridor, elle dit à la Comtoise :

— Mon enfant, je vous ai prise chez moi, malgré votre peu d'habitude du service ; je vous ai donné de bons gages, je vous ai fait de nombreux cadeaux, je vous ai formée...

— Puisqu'on vous dit qu'on ne vendra pas la mèche ! l'interrompit Caro.

— Cela ne suffit pas, ma fille.

— Comment ?... s'écria Caro.

— La paix !.. vous êtes incapable de juger un cœur comme le mien... Bornezvous à me dire si je puis compter sur votre dévouement.

Ceci fut prononcé avec lenteur et d'un ton très-digne.

— Dame!.. fit Caro, — si vous me promettiez de me garder pour le cas où je m'épouserais avec François...

— C'est un excellent garçon... ; je vous le promets.

— Alors, en avant, marche ! s'écria Caro enchantée; — je ferai tout ce qu'on voudra !

— Caro ! cria la voix mâle de M. Martin dans le vestibule.

Madame Martin disparut comme une biche effrayée. Les fugues trop rapides lui réussissaient rarement. Un lambeau de sa robe de soie resta au verrou de sa chambre. — Ces choses-là n'arrivaient qu'à elle !

— Caro ! Lily ! Rose !

M. Martin s'impatientait. Caro vint enfin lui ouvrir la porte du salon. Elle vous avait un air ingénu à faire soupçonner les plus noires infamies ; mais M. Martin ne prit point garde.

M. Martin était un petit homme maigre, sec et bilieux. Il avait une voix de basse-taille. Chacun se propose un but moral auquel il s'efforce d'atteindre. Le but de M. Martin était le calme absolu, — le grand calme, — le calme de l'homme d'Horace.

Rien n'est plus drôle que cet effort d'un esprit naturellement inquiet, faible et enclin à la colère, pour arriver aux apparences de l'impassibilité ; rien n'est moins rare, surtout. Ce caractère forme, lui seul, une vaste catégorie dans le classement des bourgeois de Paris.

Ils ont l'ambition d'être *flegmes*, pour employer le barbarisme usité dans nos comptoirs. La chute du ciel les écraserait tranquilles. Ce sont de hautes études de dignité humaine.

Ordinairement, ce travers qui ne nuit à personne, est porté par de très-bonnes gens. M. Martin ne faisait point exception

à la règle. Nous avons dû le dire déjà :
c'était un excellent petit homme.

Mais c'était un petit homme.

Il entra la tête haute ; son pas mesuré
disait le calme de sa conscience ; son regard froid désirait imposer.

Il donna son herbier à Caro et déposa
sur le guéridon sa boîte riche de petites
pierres.

— Rien de nouveau ? demanda-t-il.

— Quoi donc qu'il y aurait de nouveau ? fit l'adroite Comtoise au lieu de
répondre.

M. Martin haussa les épaules avec un
tranquille dédain.

— Monsieur a-t-il fait bonne chasse ?
interrogea Caro.

— Rien de nouveau ? répéta le fier naturaliste... — Ma robe de chambre !

— On va vous la chercher.

Caro remarqua, avant de s'éloigner, que

le regard sournois de son maître faisait le tour du salon.

— Il a la puce à l'oreille! pensa-t-elle, gare dessous!

Mais Caro se trompait. M. Martin était à cent lieues de tout soupçon. Le regard circulaire qu'il venait de lancer aux meubles du salon était l'indice symptomatique d'un tout autre ordre d'idées.

— Que diable faisaient-ils là, ces deux Bonnard? murmura-t-il quand Caro fut partie. La ruelle mène chez madame Albert. Est-ce qu'ils fréquenteraient cette maison-là?

Peut-être eussiez-vous démêlé un peu de jalousie dans le froncement de sourcils qui accompagna ces paroles. C'était le défaut dominant de M. Martin. Il voulait bien rompre avec les Bonnard; mais il ne pouvait s'habituer à l'idée que les Bonnard fissent de nouvelles connaissances.

— Non, non, se reprit-il en ôtant son panama pour passer ses doigts dans les mèches abondantes et grisâtres de ses cheveux...

Et il souriait presque en dépit de ses graves habitudes.

— Non, non... ils rôdent... J'ai déjà flairé quelque conspiration... A la faveur de ma fête, on voudrait opérer un rapprochement...

Il se redressa et se regarda dans la glace.

— Instinctivement, se dit-il entre parenthèses, j'ai toutes les poses d'un orateur... C'est un don perdu... je ne parlerai jamais aux multitudes.

Il s'interrompit encore et ajouta :

— Du tout... mais du tout... Ils ignorent la fermeté profonde de mon caractère... Je n'agis jamais sans réflexion... Une fois que ma détermination est arrêtée, c'est que j'ai pesé mûrement le pour et le

contre, sans entraînement, sans passion...
Jamais les Bonnard...

— V'là votre robe de chambre, dit Caro,
qui s'avançait en réprimant un sourire
moqueur.

— Mettez sur un meuble, gronda M. Martin avec mauvaise humeur, — et retirez-
vous !

— C'est-il drôle, marmotta la Comtoise,
qu'un homme peut se monter comme ça
en causant tout seul !

M. Martin lui montra la porte d'un doigt
impérieux. Dans sa jeunesse, il avait fré-
quenté le théâtre. Pour le geste, il était de
l'école de Talma.

Au moment où Caro, toujours riant,
passait le seuil, M. Martin prononça noblement :

— Demeurez !

Caro s'arrêta court, les mains dans ses
poches.

— Mon fils est-il couché? demanda M. Martin.

— Et endormi, Dieu merci! répondit la Comtoise, qui n'avait pas pour l'héritier une tendresse immodérée.

— M'a-t-il demandé avant de se mettre au lit? continua M. Martin.

— Avec ça qu'il pense à vous quand il ne vous voit pas!...

— M'a-t-il demandé? répéta le naturaliste. Point d'ambages, entendez-vous!... j'aime les réponses claires, nettes, précises!

— Eh bien, non, quoi! pas plus aujourd'hui qu'hier!

M. Martin s'occupait à plier avec soin sa petite redingote d'orléans.

— Cet enfant me ressemble, murmura-t-il, au moral surtout!... Il a du cœur, il est aimant, mais il ne se livre pas à de vaines démonstrations...

— Il a cassé la cloche du melon, insinua Caro.

— C'est de son âge, fit observer M. Martin ; il ne connaît pas encore le prix des objets mobiliers... Un autre s'emporterait... moi, je me borne à vous dire : Il faut que vous soyez bien dépourvue d'intelligence, d'attention, de tout ce qui distingue l'homme de la brute, pour permettre à un enfant de quatre ans de jouer à proximité d'un objet dont la fragilité est connue...

— Pardine ! s'écria Caro, votre fils vous ressemble, comme vous dites : il fait ce qu'il veut !

— Sortez ! ordonna M. Martin avec le calme qui ne l'abandonnait jamais.

Il tira de sa boîte un morceau de peau à l'aide duquel il essuya son petit marteau d'acier.

— Le vulgaire est toujours frappé d'étonnement, se dit-il, en voyant les gens qui vivent par l'esprit s'entretenir avec eux-mêmes... Mes bons enfants, il n'y a que les sots qui ne parlent pas tout seuls, pour employer votre expression familière... ceux dont l'intelligence se retrempe sans cesse dans la solitude... — Hé! hé! s'interrompit-il, j'ai mis le doigt sur la plaie! Les Bonnard rôdent; les Bonnard voudraient se réconcilier... Ils sentent bien que cette maison abrite un maître.. L'envie elle-même reconnaît tacitement l'évidence de certaines supériorités!

Il souffla chaud sur le manche de son marteau pour le faire briller davantage. Un sourire vint ses à lèvres minces et tranchées droit, comme l'ouverture d'une plaie bien pratiquée.

— Mes femmes n'apparaissent pas à l'horizon! reprit-il avec une nuance de satisfaction; le jeu de cache-cache com-

mence... Tous les ans, la même chose...
la surprise antique et solennelle... C'est
puéril... mais c'est attendrissant... Et
puis ça fait leur bonheur.

Il prit un air de bonhomie compatis-
sante en fourrant son marteau nettoyé
dans son casier.

Puis, tout à coup, un léger nuage assom-
brit sa physionomie.

— Je suis vif, avoua-t-il; je suis un peu
trop vif, malgré le soin que je prends de
réprimer la fougue naturelle de mon tem-
pérament... j'ai brusqué Rose, ces jours-
ci... On doit pardonner beaucoup à l'amour
d'une femme... mais bah! tout va se rac-
commoder dans la surprise... Ce sont
d'honnêtes usages... un peu naïfs, mais
utiles à la paix des familles... Je me prête
avec plaisir à ces jeux... Il est convenu
que, chaque année, j'oublie religieusement
le quantième de ma fête, moi, l'homme

positif par excellence, l'esprit formaliste, esclave de la régularité, sûr de lui-même... j'oublie ! cela fait partie du programme... Si je n'oubliais pas, où serait la surprise ?... Le 1ᵉʳ mai, à minuit, heure militaire, mes femmes me surprennent... cadeaux, souhaits, embrassades... L'an prochain, Stanislas en sera... on lui apprendra, pour la circonstance, la fable de *la Cigale et la Fourmi*... Le petit scélérat sera bien mignon en disant :

> La fourmi n'est pas prêteuse ;
> C'est là son moindre défaut.

Il aura de l'esprit comme un démon... Toutes les protubérances de mon crâne sont sur le sien... en petit...

Ici, M. Martin regarda dans la glace son crâne long et même un peu pointu. Il avait la larme à l'œil.

— J'avais cinq ans, poursuivit-il, quand

je récitai mon premier compliment... Je m'en souviens encore : « Le Créateur, en faisant fuir le temps qui nous ramène une nouvelle année, me fournit l'heureuse occasion... » C'est idiot, ma parole d'honneur !... mais mon pauvre père me pressa sur son cœur avec ivresse... il prédit dès lors que je ne serais pas un homme ordinaire...

— En conscience, s'interrompit-il en refermant sa boîte, je ne vois pas pourquoi on refuserait à des êtres faibles cette innocente joie... « Philippe, va me dire Rose avec émotion, si tu étais à recommencer, m'épouserais-tu?... » Ces plaisanteries du ménage sont immuables... et quand je réponds : « Oui, » l'émotion de ma compagne est toujours la même... Il me semble que j'entends la douce voix de ma petite Lily : « Mon papa, voilà ce que je t'ai brodé... » Ma foi, j'ai bien fait de ne pas aller au café ; nous allons passer une bonne soirée ! — Caroline ! appela-t-il en rendant à sa basse-taille toute sa profonde sonorité.

Il était dispos et gaillard. Il fit un tour de salon en se frottant les mains et en cherchant s'il ne verrait point apparaître, quelque part, un bout d'oreille de la surprise.

— Caroline !... Mais que diable vont-elles m'offrir cette année?... Voilà vingt-cinq ans qu'on me surprend... Je dois avoir reçu à peu près tout ce qui peut surprendre... Caroline !

— Voilà, monsieur, voilà ! répondit la Comtoise en se précipitant dans le salon.

— Où sont ces dames?

— Chez madame.

— Savent-elles que je suis rentré?

— Je vas leur dire, si vous voulez.

— Il n'est pas nécessaire... Passez-moi ma robe de chambre.

La Comtoise obéit. M. Martin se disait :

— Elles travaillent sans doute comme deux malheureuses... Il manque un point à la surprise.

Quand la robe de chambre fut passée; il croisa ses bras sur sa poitrine. Entre toutes les poses magistrales qu'il avait, il prit la plus imposante.

— A nous deux ! dit-il.

Caro mit aussitôt ses mains dans ses poches. C'était sa tenue de bataille.

— Connaissez-vous, lui demanda M. Martin, un coquin du nom de François ?

Caro recula d'un pas et devint rouge comme une tomate.

— Il y a des coquins de tous les noms, répliqua-t-elle.

— Pas d'ambages ! réponses claires et

nettes... Le coquin susdit est au service des nommés Bonnard.

— Dites donc, s'écria Caro, est-ce qu'il vous a volé quelque chose?

— Du calme!... prononça gravement M. Martin; n'exagérons jamais!... Je puis dire que cette faiblesse qu'on appelle la colère m'est tout à fait inconnue... je ne suis point irrité contre ce jeune garçon, qui peut être un fort honnête lourdaud...

— J'en connais bien d'autres, des lourdauds, fit Caro prête à perdre toute mesure.

— La paix! je vous parle avec tranquillité, écoutez-moi de même... Il est évident que je ne vous en veux pas, Caroline, ma fille... mais M. François vient trop souvent autour de ma maison.

— Si c'est son chemin...

— On ne plaisante pas avec moi, souvenez-vous de cela! Cette conversation, qui prend une tournure inconvenante, a trop duré déjà... Vous entretenez des relations avec le nommé François...

— Est-ce Dieu possible ! protesta la Comtoise. Qu'est-ce que je vous ai fait pour que vous me disiez des choses de même ?

— Ce n'est pas pour moi, j'aime à le penser, acheva M. Martin, que le nommé François vient rôder autour de mon domicile... Je vous ai dit ma manière de voir avec calme... songez-y... Je vais rejoindre ces dames... Vous porterez ce thé dans la chambre à coucher.

Il avait, quand il le voulait, ce pas théâtral qui arpente la scène en mesure. Il sortit en cambrant le jarret sous sa robe de chambre, la tête haute, l'œil froid et fier. On eût souhaité un peu de musique pour accompagner cette marche noblement cadencée.

Caro lui montra le poing et prononça ces paroles, que nous consignons à regret :

— Ah! grigou, je ne sais pas quel tour elles veulent te jouer... mais je vas leur donner un fameux coup d'épaule !

IV

— Essai sur la supériorité du mari —

La chambre à coucher de madame Martin communiquait avec le cabinet où l'on avait dressé une couchette pour Lily. Madame Martin était seule dans sa chambre.

Lily s'habillait dans le cabinet voisin.
Elles causaient par la porte qui restait
ouverte.

— Je prends tout sur moi, disait madame Martin ; n'aie aucune inquiétude :
les choses vont aller parfaitement.

— Est-ce qu'il faut me coiffer? demanda
Lily.

— Sans doute... et créper tes cheveux
solidement... les nuits sont encore humides.

— Quand papa va me voir ainsi...

— Sois donc tranquille!... ton papa
flaire déjà les surprises... Il te verrait
entrer en écuyère du Cirque-Olympique,
qu'il se dirait : « C'est une surprise... » Il
faut que tu sois toute prête : figure-toi bien
que nous aurons à peine le temps!...

— Aurons-nous le temps ?

— Tu sais bien que rien ne me résiste
quand je veux... Cette Caro! voilà un

exemple! Sans lui rien dire, sans trahir aucunement le grand secret, je lui ai fait comprendre toute notre mécanique... Elle est épaisse, elle est lourde, elle est stupide : cela ne l'empêchera pas de jouer son rôle admirablement. Pourquoi? Parce que je l'ai voulu.

Il y avait entre M. et madame Martin divers points de ressemblance. Le principal, c'était la haute opinion que chacun d'eux avait de soi-même.

— Où en es tu? demanda madame Martin.

— Je passe mes boucles d'oreilles, répondit Lily; mais ma main tremble un peu... j'ai si peur...

— Va toujours!... Si les femmes savaient oser!... Mais j'achèverai ce chapitre-là une autre fois... J'entends ton père ; dépêche-toi, et viens dès que tu auras fini.

Elle ferma la porte du cabinet au mo-

ment où M. Martin ouvrait celle du salon.
Elle courut, légère, mais faisant gémir le
plancher, à la rencontre de son mari.

— Voilà un petit homme qui est aimable
comme tout ! s'écria-t-elle en lui jetant ses
deux forts bras autour du cou ; — c'est bien
gentil d'être rentré de si bonne heure !

M. Martin avait à la main deux boîtes et
un cahier manuscrit. Il accueillit, d'un
visage fier et doux, les empressements de
sa femme.

— Rose, lui dit-il, vous n'ignorez pas
qu'en thèse générale...

— Qu'on me tutoie !... et tout de suite,
l'interrompit madame Martin.

— Je ne demande pas mieux, Rose,
répliqua le naturaliste, que d'employer
vis-à-vis de toi ces formes familières qui
sont comme un aveu tacite et journalier de
l'affection conjugale. J'ai pour toi, ma
bonne et chère amie, toute la tendresse

qu'un époux honnête homme doit à la compagne de son existence.

Madame Martin fit la moue.

— Ce n'était pas ainsi que vous me par-
liez autrefois ! murmura-t-elle.

— Oh ! femme ! déclama aussitôt M. Martin ; créature impressionnable et inquiète !... Notez que je suis loin d'employer
les mêmes épithètes que Beaumarchais...
J'ai pour le sexe auquel nous devons nos
enfants un respect mêlé de reconnais-
sance... bien que je ne partage pas les
idées extravagantes de certains utopistes
qui voudraient donner à la femme des
droits subversifs de l'harmonie du foyer
domestique...

Il mit avec protection un baiser grave
sur le front de sa moitié.

— Je disais donc, Rose, reprit-il, qu'en
thèse générale, je préfère à tous les plaisirs
bruyants du dehors une soirée passée au

sein de la famille... Je ne me vante pas de cette prédisposition ; elle est dans ma nature. Tant mieux, si elle peut contribuer au bonheur de ceux qui me sont chers !

— En doutes-tu, Philippe? demanda tendrement madame Martin.

Philippe était en humeur de faire un peu le cruel. Il déposa ses deux boîtes sur la table et s'assit en face de son manuscrit ouvert.

— Il y a des choses véritablement providentielles, dit-il au lieu de répondre. Là-bas, tout près de la station du chemin de fer, au pied d'un peuplier qui borde la route de Sèvres à Ville-d'Avray, j'ai trouvé une hybride des onzième-douzième classes de la méthode Jussieu, corisanthérie-épipétalie, tellement caractérisée, que la vue d'un hermaphrodite complet ne m'eût pas plus étonné... Viens voir cela, Rose.

Il étala sur le papier de son manuscrit une plante poudreuse dont les tiges semblaient avoir été entamées par la dent innocente de quelque mouton voyageur.

— Mon ami, dit Rose, tu connais mon ignorance... je n'entends rien à tes herbages.

— A qui la faute?... Combien de fois n'ai-je pas essayé de vous mettre en tête les éléments des diverses classifications? C'est là le mauvais côté des femmes... sortez-les de leur petit train-train...

— Voyons! voyons! Philippe! tu m'as dit cent fois que tu n'aimais pas les femmes pédantes... Tu te moques volontiers de madame Berlin, la femme du chirurgien, qui demande à table le coccyx d'un poulet ou les psoas d'un dindon.

M. Martin caressa du pouce ce que le mouton avait laissé de l'herbe.

— Mettons toujours de la bonne foi dans

la discussion, répliqua-t-il, de la bonne
foi et du calme. Je ne reproche pas à madame Bertin de savoir ce que c'est qu'un
coccyx ou un psoas; je lui reproche d'employer ces mots scientifiques pour dési-
gner les morceaux d'une volaille décou-
pée... L'anatomie est une belle chose, la
dissection est un art utile, l'amphithéâtre
est un lieu dont je ne veux point dire de
mal... à table, cependant, je préfère évo-
quer d'autres pensées... et telle serait
précisément la définition que je donnerais
du pédantisme : le pédantisme est le travers de ceux qui ne laissent pas la science
en son lieu... Quand je demande du chou,
je ne dis pas : « Servez-moi de ce dicotylé-
done ; » pour acheter des carottes, je ne
désignerai pas à la marchande le genre
ombellifère ; j'aime mieux dire tout uniment : « Donnez-moi une pomme de terre,
une tomate, etc., » que de réclamer un

solanum tuberosum, un *lycopersicum escu-lentum*, ou autres...

— C'est que tu es un vrai savant, toi, monsieur Martin! dit madame Martin avec flatterie; tu as raison, toujours raison!... Mais il ne s'agit pas de cela, mon bon chéri, je ne suis pas aveugle; tu as quelque chose contre ta femme...

— Moi? voulut se récrier le naturaliste.

— Oui, monsieur... Et je ne veux pas de ces vilaines rancunes.

Elle lui prit, ma foi, la tête à deux mains par derrière et la renversa pour l'embrasser au front.

Il fallait que ce M. Martin fût un homme bien fort pour garder dans cette position critique la fine fleur de sa gravité.

— Mon bon chéri, reprit Rose, quand j'ai eu tort, vois-tu, moi, je sais demander pardon. J'ai été trop loin dans nos discussions... je le sens, j'y ai pensé toute la journée et je viens faire mon *meâ culpâ*.

— Prodiges de la Saint-Philippe! se dit le naturaliste *in petto*.

Puis, avec une douce solennité :

— Ma bonne amie, reprit-il tout haut, j'apprécie ton procédé : il est digne de ton cœur. Je ne t'en veux point; la rancune n'a pas de prise sur moi. Le seul sentiment que je puisse éprouver quand tu t'égares, c'est de la compassion et de la tristesse... Je te prie, néanmoins, de vouloir bien remarquer que j'étais complétement dans le vrai, selon mon habitude... Tout ce que je t'ai dit au sujet des Bonnard...

— Au fait, l'interrompit madame Martin, habile à donner le change à l'entretien, comme le sont toutes les femmes, tu viens de les rencontrer dans le pays, m'a dit Caroline.

— Dans la ruelle, ici près... Cette Caroline a vraiment des yeux de lynx, quand il s'agit des Bonnard... Les Bonnard étaient arrêtés non loin de notre propriété... Ce qu'ils faisaient là, je l'ignore... Je hais les exagérations de toute sorte ; je pars de ce principe qu'il faut voir les choses telles qu'elles sont ; rien de plus que la réalité, rien de moins. Tout ce qu'on donne à l'imagination est jeté à l'eau. C'est pour arriver à ceci. Un autre se dirait peut-être : « Les Bonnard n'étaient pas là pour le roi de Prusse... » Moi, non ! ce n'est pas dans mes mœurs. Je réfléchis froidement. J'arrive à cette conclusion : Les Bonnard sont libres d'aller et de venir. Nous ne sommes pas les seuls habitants de Ville-d'Avray ; les Bonnard passaient leur chemin... voilà.

M. Martin prononça ces dernières paroles d'un petit son sec où il y avait quelque peu d'amertume. Madame Martin se pencha sur la plante et dit :

— Voyons un peu ce que c'est qu'une hybride... C'est comme ça que tu appelles cette herbe-là?

— Cette herbe-là, répondit M. Martin, non sans emphase, — n'a pas encore de nom... C'est ton mari qui l'a découverte... si je veux, elle s'appellera le Martinia.

— Oh! non... il y a trop de Martin... Est-ce que tu les as engagés à monter?

L'ellipse était hardie. M. Martin leva les yeux sur sa femme, qui ajouta d'un air indifférent :

— Les Bonnard?

Un léger froncement rapprocha les sourcils du naturaliste inventeur du Martinia.

— Nous pourrions ajouter macrophylla, prononça-t-il d'une voix un peu altérée; — Martinia macrophylla... Quant aux Bonnard, eh bien, oui! j'ai eu l'insigne faiblesse de leur demander... pour dire quelque chose... s'ils voulaient entrer et se reposer un instant... Savez-vous ce qu'ils ont répondu, Rose?

— Quelque énormité, j'en suis sûre, répondit la grosse dame en souriant.

— Ma bonne amie, fit M. Martin, — ce ton railleur ne m'a jamais convenu... je te l'ai dit bien souvent... je te le répète aujourd'hui, une fois pour toutes... quoique retiré du monde, j'en possède toujours les manières, et personne n'a le droit de me parler comme on fait à un enfant maussade... Les Bonnard ne m'ont répondu aucune énormité... ils m'ont fait une impertinence pure et simple... c'est bien plus près de leur niveau... Ils ont hésité, ils ont échangé des regards fort ridicules, puis le père a prétexté une affaire à Paris... le train qui va partir, bref des défaites pauvres et grossières.

— Cependant..., voulut dire madame Martin.

— Permets, Rose, permets, ma chère amie ; — tu vois que je n'y mets point de passion, je ne veux voir que la stricte réalité... Soyons de bon compte... j'en connais plus d'un qui, à ma place, aurait donné une signification à leur embarras ; moi, je me suis abstenu de porter un jugement quelconque... je suis fondé à me regarder comme ne ressemblant pas à tout le monde... Qu'y a-t-il eu? Un fait. Je ne vois que le fait lui-même. L'induction est une folle tout comme l'imagination... Ce qu'on ne voit pas n'existe pas... La certitude n'a pas deux degrés... Le système des probabilités conduit au machiavélisme en politique, au mennaisianisme en philosophie... La négation est au bout de l'affirmation trop facile... Qu'ont été les athées au point de départ? Des poëtes... Si je connaissais sur

non crâne la bosse de la poésie, je la cau-
ériserais avec la pierre infernale, comme
on extirpe une verrue!

Il s'animait. Ses cheveux se hérissaient
in petit peu sur son chef et ses narines
ivaient, en se gonflant et en se dégonflant,
un va-et-vient tout à fait caractéristique.

Ce petit homme grave était foncière-
nent pétri de soufre, de salpêtre et autres
substances inflammables.

Il n'en avait eu que plus de mérite
assurément à éteindre les feux de sa nature volcanique.

— L'imagination! reprit-il en s'ani-
mant, — le péché originel! la perte de
l'homme! la honte des peuples! la chute
des rois!.. Donnez-moi une pelle et une
pioche... je creuserai un trou assez profond
pour l'enterrer à tout jamais!.. Je n'exagère rien : ce serait contraire à l'essence
même de mon individu... Je la hais froide-

ment et honnêtement, cette insensée, cette empoisonneuse qui travestit tout et change l'existence la plus logique en un roman absurde...

— Qu'est-ce que cela? s'écria madame Martin en tressaillant.

Un coup de sifflet aigu et prolongé venait d'entrer par la fenêtre.

M. Martin commença par pâlir légèrement.

Un observateur se serait dit : « Au fond de la forêt de Sénart, un coup de sifflet pareil ferait grand'peur à M. Martin. »

Mais on était à Ville-d'Avray, non loin de la mairie et à deux pas de l'église.

M. Martin se remit tout de suite, tandis que sa compagne gardait un imperceptible tremblement. Ses dents, qui étaient encore fort belles, avaient mordu sa lèvre. Il était évident qu'elle regrettait sa question imprudente.

Elle savait, en effet, parfaitement *ce que c'était que cela*.

La preuve, c'est qu'elle avait la chair de poule et qu'elle se disait :

— Ils s'impatientent!... Pourvu qu'ils ne nous fassent pas quelque sottise !

M. Martin, cependant, s'était un instant recueilli.

— Vous voulez savoir ce que c'est que cela? reprit-il, retrouvant dans cette interruption inattendue toute l'autorité de son calme. — Je vais vous le dire, Rose, et cet enseignement aura une certaine valeur.

Il y avait de la pitié, il y avait du dédain dans son regard. Son regard rencontra la glace, par cette raison qu'il la cherchait. M. Martin aimait à constater par lui-même l'effet de ses jeux de physionomie. Il les trouvait puissants. Il s'avouait que certains mouvements de sa bouche, relevée par la glaciale ironie, pus-

sent impressionné violemment les foules
rassemblées pour écouter sa parole, in-
cisive et dure comme l'acier. La glace lui
renvoya son image bilieuse, au-dessus de
laquelle une forêt de cheveux gris se hérissaient comme une crête. Il fut content.
Le trouble de Rose passa à la faveur de
cette joie.

— Je vais vous le dire! répéta-t-il avec
plus de force. Ce coup de sifflet, c'est
l'imagination, c'est la maladie, c'est la
poésie, c'est la fantasmagorie, c'est l'absurde!

— En vérité! fit Rose, qui savait bien
que non.

Le coup de sifflet n'avait aucun de
ces noms si ronflants. Il s'appelait tout
uniment pour Rose, Bonnard, père et fils.

Mais quelle machination, grand Dieu!
cette femme épaisse et bien conservée
avait elle ourdie?

— Cela vous étonne, continua M. Martin d'un ton professoral, mais plein de mansuétude; je m'explique...Figurez-vous une faible femme seule dans une maison de campagne isolée au milieu des bois... figurez-vous des voyageurs simples, crédules, illettrés, dans l'intérieur d'une diligence qui traverse la forêt de Bondy...

— cette dernière image eût été plus frappante il y a vingt ans, avant l'établissement de nos voies ferrées, dont le réseau va porter partout la lumière et la civilisation... Quant à la forêt de Bondy, le canal de l'Ourcq a bien changé ses mœurs... mais enfin, n'importe... — Figurez-vous la jeune fille lisant quelque roman vampirique et malsain... un roman de M. Alexandre Bonnard, par exemple...

— Ce sont des récits du cœur, voulut objecter Rose.

— Des chansons, madame!... Figurez-

vous les voyageurs se racontant les uns
aux autres ces sottises à faire frémir, ces
antiques sornettes, ces histoires de vo-
leurs, toutes pleines de pistolets et de poi-
gnards... Un coup de sifflet retentit. La
jeune femme s'évanouit, les voyageurs se
pâment. Voilà des malades, peut-être des
morts, car l'imagination tue... Qu'était-ce
pourtant? Un rustre qui ramenait sa
vache, un bûcheron qui affûtait sa cognée...

— C'est pourtant vrai, cela, dit madame
Martin, qui parvint à sourire; mais avoue,
mon Philippe, que tu as bien de l'imagination !

Nous n'essayerons pas même d'expliquer le mystère de cette contradiction :
M. Martin fut flatté jusqu'au fond de
l'âme.

Il tendit la main à Rose, qui se disait :

— Allons-nous réussir à l'envoyer coucher?

— Ne t'y trompe pas, ma bonne amie, reprit le naturaliste complétement réconcilié... ce n'est pas de l'imagination, c'est de la finesse... un aperçu délicat n'est pas un rêve... Voyons, approche-toi... Tu sais bien que je suis dépourvu de fiel... je n'en veux à personne... pas même à ces Bonnard... Non! la main sur la conscience, je n'ai rien contre eux... vous me trouvez parfois sévère, c'est que je suis juste. Je les juge avec froideur, avec impartialité, avec perspicacité : c'est chez moi un don. J'y tiens plus peut-être qu'aux avantages plus brillants que la Providence m'a départis, non sans quelque libéralité... Je juge les Bonnard sans passion, je ne m'en connais pas... sans entraînement; j'en aurais, que j'y saurais résister. L'entraînement est la source de toutes les erreurs, et j'ai fait de la vérité mon dieu sur la terre... Que sont les Bonnard? Examinons cela dans le calme de notre raison... Bonnard le père est un bon gros homme qui sue la médiocrité.

— Oh! bon chéri! fit madame Martin, qui, depuis quelques minutes, jetait de fréquents et impatients regards vers la porte.

— Je prétends qu'il sue la médiocrité, répéta M. Martin : — suis-je oui ou non compétent en fait de botanique et de minéralogie? A-t-il fait une seule découverte? a-t-il dérangé aucun classement? a-t-il bouleversé le moindre système?... Il faut pourtant parler la bouche ouverte : il sue la médiocrité... il la sue!... Pas le plus petit coup d'œil, pas la plus mince initiative... Parbleu! il sait son métier, je ne dis pas non; il a passé de beaux examens, je ne vais pas contre... mais que prouve

cela ? Qu'il a étudié ? Qu'il n'a pas étudié !
Il sue la médiocrité.

— Eh bien, oui, mon chéri, dit Rose
obéissante, il sue la médiocrité, ce Bonnard !

— On te ramène au moins, toi ! murmura M. Martin ; tu es réellement supé-
rieure à la plupart des femmes... Bonnard
le père a été mon ami : je le connais par
A plus B... Ce n'est pas un méchant
homme... du tout !... C'est un esprit sans
portée, et même légèrement obtus, qui a
été séduit par je ne sais quelles visées...
Il veut briller, ce garçon ! ça m'amuse !

M. Martin eut le haussement d'épaules
qui lui allait si bien ! Rose était positive-
ment sur les épines.

— Briller ! poursuivit le naturaliste ;
Bonnard ! Enfin, on voit des choses comme
cela ! Il a un domestique de trois cents
francs : il médite de lui acheter une li-

vrée... ma parole!... Un paour qui gardait les oies l'an dernier!... Il a changé de logement, il s'est meublé à la moderne; il a fait mettre *professeur* sur ses cartes de visite...

— Puisqu'il l'est, mon chéri, risqua madame Martin.

— Petitesses! gronda le naturaliste; ai-je jamais fait de pareilles folies, moi à qui l'on doit l'hexadynamie, moi, l'inventeur du gypsium?... Vais-je mettre demain sur ma porte une enseigne pour dire que, ce soir, j'ai découvert le martinia macrophylla?...Petitesses!... infimes petitesses... Mais les femmes n'ont pas le sens qui condamne ces choses-là!...

— Cette Caro n'en finira donc pas! pensait Rose.

— Petitesses!... Dans sa soif burlesque d'honneurs, ne s'est-il pas fait nommer membre de l'Académie des sciences de

Périgueux?... N'a-t-il pas eu le courage de présenter à l'Institut un mémoire sur la série des couches géologiques traversées par la sonde dans le forage d'un puits artésien à la Briche-Saint-Denis?... Des choses connues comme le loup blanc!... Je ne dis pas que ce soit mal fait, comprenez bien : je dis que c'est le pont aux ânes... Des petitesses, de pures et simples petitesses!... Vous me direz qu'en somme, cela ne me regarde pas. Vous avez raison. L'Institut et moi, nous sommes deux! Je reste dans mon coin, je me tiens à l'écart de toutes les coteries et de toutes les intrigues; je n'ai pas d'ambition, encore moins de jalousie... On va, dit-on, décorer M. Bonnard : je trouve cela parfait... parfait! Pourquoi ne décorerait-on pas M. Bonnard? Moi, je ne dis pas! à la bonne heure! Moi, je n'aurai jamais la croix, c'est entendu... M. Bonnard vit des miettes

de mes recherches et de mes études, c'est
lui qui doit être récompensé... *Sic vos non
vobis*, disait déjà Virgile... Cela signifie :
« Prenez de la peine, Bonnard en profi-
tera... » Bien fou qui se chagrinerait de
semblables pasquinades... Moi, j'en ris,
vous voyez... j'en ris comme un bossu, ma
parole d'honneur !

Il riait, en effet, ce pauvre bon M. Martin ; mais derrière cette pénible grimace,
la blessure de son orgueil saignait à découvert.

Nous aurions aimé à vous montrer Rose
compatissant aux fiévreux malaises de son
époux, mais il est certain que Rose était
distraite.

Nous sommes même forcé d'avouer
qu'il y avait autour de ses lèvres un
coquin de petit sourire où l'analyse chi-
mique eût découvert une pointe de sarcasme.

Était-elle donc sans pitié, cette belle grosse madame Martin ?

— Moi, reprit le naturaliste avec moins d'éclat, mais plus d'amertume, je ne suis rien... Je pourrais me consoler en disant que beaucoup d'hommes illustres sont restés en dehors des corps savants ; mais j'aime bien mieux avouer tout haut mon incapacité... Je ne suis rien, parce que je ne vaux rien... Que voudriez-vous qu'ils fissent d'un pauvre diable comme moi, sot, ignorant, malavisé?...

— Oh! monsieur Martin, dit Rose, un peu au hasard.

Et ce fut heureux pour elle, car, si elle n'eût pas interrompu cette fois, M. Martin aurait fait explosion comme une chaudière à vapeur.

Il étouffait. La protestation de sa femme, toute tiède qu'elle était, le sauva.

— Je sais bien, ma bonne amie, dit-il

en s'essuyant le front, que tel n'est pas
votre avis personnel. Il vous a été donné
d'assister à mes travaux et de constater
mes triomphes. Vous voulez bien m'accorder quelque valeur, et je vous en
remercie... Mais les autres, mais la cohue!
mais le vil troupeau! mais l'ignoble vulgaire, qui ne juge que par les résultats!...
Tenez, Rose, s'interrompit-il avec fatigue,
je suis vaincu... Il y a des symptômes...
Je suis tombé à ce point, qu'un Bonnard
et son fils passent devant ma maison sans
s'arrêter!

— Bon ami, dit madame Martin, réfléchis donc!... Tu ne te souviens donc plus
de la manière dont tu les as reçus l'autre
fois?...

— N'exagérons rien, l'interrompit le
naturaliste retrouvant soudain sa vigueur
et sa fierté; n'exagérons jamais, je vous en
supplie à mains jointes... c'est la mort de

la logique... et je vis de logique! je n'ai pas mal reçu les MM. Bonnard : 1° parce que je suis un homme bien élevé ; 2° parce que...

— Enfin, mon chéri, ils sont sortis fâchés.

— C'est leur tort ! Rétablissons les faits...

Il se posa en homme qui va entamer une discussion à fond.

Rose glissa un regard désespéré vers la pendule.

— Oh ! cette Caro !... fit-elle en serrant les poings sous son tablier de taffetas.

M. Martin poursuivait avec cette importance calme et un peu hautaine qu'il ressaisissait bien vite quand il l'avait un instant perdue :

— J'ai accueilli longtemps avec le plus vif plaisir les MM. Bonnard... Le père était mon confrère, ou plutôt mon élève, car tout ce qu'il sait, il me le doit. Je ne m'en

vante pas : je constate un fait historique...
M. Bonnard le père était, au début de nos
relations, un homme insignifiant, mais mo-
deste et sachant se tenir à sa place... il a
changé, ce n'est pas ma faute. Il a pris
des façons, des allures, des opinions qui
choquent ma manière de voir : je n'y puis
rien. J'aurais probablement toléré cela,
si le fils n'eût grandi...

— On ne peut pourtant pas empêcher...,
commença Rose.

— Permettez, mon amie... En tronquant
ainsi les phrases d'un orateur, on lui fait
dire toutes les platitudes imaginab'es.
C'est un jeu puéril... j'allais ajouter : Si le
fils, en grandissant, ne fût devenu cent fois
plus fat et plus déplaisant que monsieur
son père.

Un bruit de pas se fit entendre dans le
corridor. Il n'y avait pas à se méprendre.
Caro vous avait de ces braves pieds larges

et plats qui produisent un claquement tout particulier.

M. Martin respira longuement.

— M. Alexandre Bonnard, continuait cependant le naturaliste, a porté moustaches dès l'âge de seize ans. Je crois qu'il fumait à dix-sept. M. Alexandre Bonnard a joué au fils de famille, tout de suite en sortant du collége, où jamais il n'a remporté le moindre accessit... M. Alexandre Bonnard rame dans des barques avec un costume ridicule... M. Alexandre Bonnard monte à cheval... M. Alexandre Bonnard...

— Mon Dieu, mon bon chéri, l'interrompit Rose, nous avons tous commencé par être jeunes.

— Pas moi, répliqua dignement le naturaliste. Le père aurait dû s'opposer à tout cela... le père est coupable... Qu'est-il résulté de sa faiblesse? Un véritable malheur. M. Alexandre Bonnard, ne sachant plus à quelles sottises se vouer, s'est fait poëte... et le père n'a rien dit, et le père a souffert cela ! et le père rit comme un idiot quand on lui dit que son fils va jusqu'à composer des romans ! Je crois, ma parole, qu'il en a de l'orgueil... Moi, je n'aime pas les poëtes, madame, je ne fais pas mystère de mon opinion ; moi, je déteste la fiction qui ment et qui s'égare... Je casserais les deux bras de mon fils Stanislas, si jamais il faisait un roman... Le tragédie elle-même me révolte, bien qu'elle soit acceptée par un grand nombre de bons esprits. Je ne veux pas, soyez avertie d'avance, que Stanislas se donne à la tragédie. Corneille et Racine les ont toutes faites : la France n'en demande pas davantage...

Ici, la porte du carré s'ouvrit, et Caro se montra, tenant à la main la théière et la bouilloire. Le regard de madame Martin lui dit :

— Faites donc vite, malheureuse !

M. Martin, qui était lancé, ne s'interrompit point :

— Pas d'exceptions ! poursuivit-il. Je suis comme Platon : je m'en honore. Il y a dans la poésie quelque chose qui blesse la précision, la rigueur, la sage prudence de ma raison... Qu'est-ce que c'est que la poésie, sinon la fièvre chaude de l'esprit ? Où vont ces inventions, ces fables, ces romans, ces fadaises biscornues ?... — Moi, morbleu ! s'écria-t-il en donnant un grand coup de poing sur la table, — je veux avant tout le calme... je ne sors pas de là : le calme de l'esprit, le calme du cœur...

— Restez donc tranquille un petit peu, alors, dit la Comtoise, qui posait le thé sur le guéridon.

M. Martin demeura muet un instant. Il regarda madame Martin avec inquiétude : il avait peur de rencontrer un sourire sur ses lèvres ; mais madame Martin avait autre chose en tête.

M. Martin, rassuré de ce côté, prit sa physionomie la plus glaciale, — une de celles qu'il avait vues à Talma, au temps où il admettait encore la tragédie.

— Rose ! dit-il en se redressant, les bras croisés sur sa poitrine. — L'aspect de cette fille me rappelle à l'accomplissement d'un devoir... A l'heure où nous nous retirons d'ordinaire, vous me suivrez dans ma chambre à coucher... Nous jugerons le fait selon l'équité naturelle... et, après avoir délibéré froidement, je déciderai de son sort.

V

— Le moment de la surprise —

A cette déclaration inattendue, madame Martin laissa tomber ses deux bras, qu'elle avait un peu courts. Elle échangea un regard avec Caro. Caro dit bravement :

— Quoi donc qu'il y a de nouveau?

— Vous êtes invitée à garder le silence, répliqua M. Martin.

Puis, s'adressant à sa femme, sur un mode noble et lent :

— Par anticipation, reprit-il, — je vous engage, ma bonne amie, à veiller sur cette servante très-attentivement... Je ne veux pas entrer pour le présent dans le détail des faits ; je me borne à vous dire ceci : Veillez sur sa conduite, il y a lieu !

— Par exemple ! se récria la Comtoise piquée au vif.

— Il y a lieu ! répéta M. Martin d'un ton ferme.

Caro tira de sa poche un mouchoir rouge pour s'essuyer les yeux.

— Mais enfin, dit Rose, — explique-toi.

— Que je m'explique !... En suis-je venu à ce point de ne plus mériter la confiance de ma propre famille?... Il y a un M. François, le valet de chambre, le chasseur, le maître Jacques de ces gens dont nous venons de parler. Ce nommé François est un troisième Bonnard... je n'ai pas l'habitude d'exagérer; je ne veux pas qu'on le pende : ce nommé François, à ma connaissance, n'a assassiné ni son père, ni sa mère... mais il me gêne considérablement; il rôde autour de mes pénates... sa figure un peu bête et très-impertinente se présente à moi trop souvent quand je rentre ou quand je sors... Mademoiselle Caroline Bridoux, ici présente, doit être pour quelque chose dans ces assiduités du Frontin-Bonnard. Je le flaire. Mademoiselle Caroline Bridoux est sans doute une fille très-honnête, mais elle n'a pas été élevée aux Oiseaux...

Jusque-là, Caro avait montré une patience d'ange. A ce dernier mot, elle mit résolûment le poing sur la hanche.

Madame Martin n'eut que le temps de lui dire :

— La paix, ma fille! la paix!

Caro se tut, mais sa rancune était profonde. Elle répéta plus de dix fois au dedans d'elle-même :

— Ah! vieux Rodrigue! on n'a pas été

élevée aux Oiseaux ! C'est bon ! c'est bon ! tiens-toi bien !

Quant à M. Martin, il était sincèrement étonné. Depuis plus d'une demi-heure, il se livrait inpunément à divers excès de pouvoir. Sa femme ne l'avait pas contrarié une seule fois, malgré les flots d'éloquence dont il l'avait méchamment inondée ; Caro lui laissait le dernier mot. Il était, dans toute la splendeur du terme, maître chez lui !

La fête ! il se doutait bien que c'était la fête. On ne voulait point assombrir le beau soleil du 1er mai par une querelle préalable.

Grâce à la fête, il avait, ce soir, le droit de tout oser.

Ce bon M. Martin eut un instant l'idée de goûter un peu aux délices inconnues du rôle de tyran domestique. C'était sans danger, la veille du 1er mai. Il pou-

vait tailler à merci sa famille obéissante.
Mais c'était, au demeurant, une honnête et
douce nature. Il sut résister à la tentation, et, loin de le mener à mal, la pensée
de la surprise prochaine l'attendrit et le
désarma.

— Caroline, dit-il d'un ton radouci,
relevez la tête, ma fille. La semonce que
je viens de vous infliger peut vous arrêter
sur la pente fatale où j'ai des raisons de
croire que vous glisserez. Bien que je
vive dans une sphère tout à fait différente
de la vôtre, j'ai parfois abaissé mes regards jusqu'à vous. Sans exagérer nullement, je puis dire que vous êtes une
domestique à peu près passable, sauf
l'omelette que vous vous obstinez à trop
cuire... Que ceci vous serve de leçon...
Marchez avec précaution dans le sentier
de l'honneur, dont la soumission à vos
maîtres est le principal ornement... Je vous

pardonne, entendez-vous, Caro? et j'es-
père que cette clémence vous sera plus
profitable qu'un châtiment sévère... Allez
dire à ma fille que le thé est servi.

— Remerciez monsieur! ordonna madame Martin.

Et, pendant que Caro, rouge et rogue,
s'approchait du généreux naturaliste, elle
lui dit tout bas par derrière :

— A la pendule, tout de suite, ou nous
sommes perdus!

Caro, en se dirigeant vers la porte du
cabinet de Lily, lui fit un signe d'intelligence. La rancune implacable brillait
dans les yeux de cette Comtoise. M. Martin, heureux de la mansuétude qu'il venait
de montrer, ne se doutait de rien et tournait ses pouces avec plaisir, assis qu'il
était sur un volcan.

Car, nous ne pouvons plus le dissimuler, il y avait dans cette maison un

vent de mélodrame. Quelque chose parlait tout bas de catastrophes ou, tout au
moins, de péripéties. La figure de madame
Martin changeait de minute en minute. —
Les femmes qui ont la pensée de se faire
enlever doivent avoir de pareilles phy-
sionomies.

Lily entra. Elle avait une robe de mousseline blanche à très-petits volants, bordés
d'un mince liséré bleu pâle. Sa ceinture
blanche se rehaussait de deux filets bleus.
Sur sa tête nue, ses admirables cheveux,
qui n'étaient ni blonds ni noirs, au dire
des pensionnaires ses anciennes enne-
mies, lissaient leurs bandeaux retournés
en deux coques, doucement mutines, où
s'enroulait une légère guirlande de ver-
veine bleue. Elle était si adorablement
jolie, que ce bon M. Martin eut un sourire
d'orgueil.

Il avait l'habitude de prêcher vigoureu

sement la loi somptuaire. Il possédait dans son redoutable recueil de harangues une demi-douzaine de tirades contre le luxe, qu'il plaçait en toute occasion avec avantage.

Mais, ce soir, il ne dit rien, attribuant cette ravissante toilette à la solennité du 1er mai.

— C'est pour ma fête, se dit-il.

Ce mot expliquait tout.

Et vraiment, il eût été maussade de chasser par des paroles sévères le délicieux sourire qui naissait sur les lèvres de Lily. Elle courut, légère et gracieuse, embrasser son père. Ce n'était pas la même légèreté que Rose, car le parquet ne cria point.

— Le plus souvent, se dit M. Martin, que cette chère fleur sera pour un Bonnard !

Il la tint un moment sur ses genoux;

puis, du ton qu'il prenait à chaque repas, pour commander la manœuvre :

— A vos places, mesdames! Caroline, servez le thé pendant que l'eau bout!

Les siéges grincèrent. A la faveur de ce bruit, madame Martin demanda à Lily :

— Les as-tu entendus siffler?

— Oh! oui!... C'est Alexandre... il siffle bien.

— Sont-ils allés sous la fenètre de ton cabinet?

— Oui... Alexandre...

— Il t'a parlé?

— Tout bas... un petit peu.

— Que t'a-t-il dit?

— Oh!... ma mère... que veux-tu qu'il m'ait dit?

Madame Martin sourit. Lily rougit jusqu'aux oreilles.

— Savent-ils que nous ne pouvons partir? demanda encore madame Martin.

— Je le lui ai dit.

— Et qu'a-t-il répondu?

— Qu'il fallait trouver un moyen.

— Et tu lui as dit pour la pendule?

— Oui, maman.

— Et il a ri?

— Oui... et il a dit : « Cette chère madame Martin, a-t-elle de l'esprit! »

Madame Martin se rengorgea.

— Je ne fais pas de romans sur le papier, moi! fit elle.

Il n'y a pour prononcer ces mots scélérats que les bouches souverainement honnêtes.

M. Martin guettait la mère et la fille du coin de l'œil.

Il se disait :

— Les complots du 1er mai! les chuchotements, les grimaces! C'est tous les ans la même chose. Laissons-les se livrer à ces innocentes joies, qui prouvent, en définitive, l'affection sincère dont je suis entouré en ces lieux!... Il est d'un bon cœur, il est d'un bon père, de ne jamais se lasser de cette petite comédie de famille. Favorisons-les, au contraire, non pas ostensiblement, ce serait tout gâter, mais avec l'adresse que je retrouve, au besoin, derrière la franchise de mon caractère.

— Ton père a ri en nous regardant, dit madame Martin à Lily.

— Oh! répondit la jeune fille, il ne se doute de rien, le pauvre bon père!

— C'est étonnant! pensait M. Martin, quand on tourne les yeux de leur côté, vous diriez des coupables... Pauvres chères enfants!... car ma Rose est un enfant par le cœur, malgré l'embonpoint trop puissant qu'elle a pris avec les années... C'est un doux moment, il n'y a pas à dire!... elles s'occupent de moi... elles

ne s'occupent que de moi... Ah! je connais
bien des sots qui font les esprits forts en
ces occasions, et qui s'amusent à tuer
toutes ces joies naïves... Mais, moi, je me
laisse tromper... je n'abuse pas de ma
supériorité... Jusque dans ces petites
choses, j'apporte le calcul, le calme et la
condescendance bienveillante.

— Il faut se mettre à table, dit Rose;
ton père aurait des soupçons.

— Caro a-t-elle bien sa leçon faite? demanda l'ingénue.

— Sois tranquille.

— A table, mesdames! à table! com-
manda la basse-taille du naturaliste, au
moment précis où la mère et la fille s'é-
branlaient.

On s'assit. Madame Martin faisait de
louables efforts pour demeurer en repos,
mais son agitation se trahissait de mille
manières. Lily était rose comme une ce-

rise. Madame Martin but son thé trop chaud; Lily oublia de sucrer le sien. M. Martin remarquait tout cela. Il était aux anges.

— Ah çà! se demandait-il, qu'ont-elles imaginé? Jamais je ne les ai vues dans un état pareil... Je parie qu'elles vont me faire une surprise monstre!

A en juger par l'émotion de ces dames, la surprise, en effet, devait être bien autrement considérable que les surprises des années précédentes. M. Martin, malgré son mépris pour l'imagination, se laissait aller à des hypothèses tout à fait fantastiques. Il lorgnait tour à tour sa femme et sa fille. Comme leur embarras augmentait, loin de diminuer, le brave homme en vint par ricochets à une sorte de fièvre. Il était intrigué au plus haut point.

Il comptait désormais les minutes qui le séparaient de la surprise, comme un collégien qui suit l'aiguille de l'horloge en attendant la récréation.

Seulement, il ne suivait pas l'aiguille, car il tournait le dos à la pendule.

D'ordinaire, la surprise avait lieu sur le coup de minuit. C'était réglé. Depuis vingt-cinq ans, il y avait eu vingt-cinq surprises éclatant ainsi à l'heure sombre où l'airain sonne douze fois.

A l'estime de M. Martin, la demie après dix heures devait approcher. Encore quatre-vingt-dix minutes !

C'était une pendule aussi jolie que celle du salon : un sujet choisi, représentant peut-être Phébé sur son char nocturne, qu'escortent les étoiles, peut-être l'Amour et Psyché, peut-être le centaure Chiron apprenant le tir de l'arc au jeune Achille. Elle était sous verre, comme toutes les choses précieuses que l'on tient à conserver.

Voici pourquoi l'embarras de ces dames augmentait. Pendant que l'on beurrait les tartines, Caro s'était approchée de la cheminée sur la pointe du pied. Ce n'était pas une sylphide que cette Comtoise; ses gros orteils maladroits faisaient gémir sa chaussure et produisaient ce bruit de soufflet à l'aide duquel les fabricants de jouets imitent indifféremment le chant de tous les oiseaux et la voix de tous les quadrupèdes.

Les souliers de Caro donnaient la chair de poule à ces dames.

Heureusement que M. Martin ne s'occupait nullement de Caro. M. Martin était tout entier au trouble de ses femmes. Jamais il ne lui arrivait de rien exagérer; mais, en ce moment, il prêtait aux éventualités de la surprise des proportions exorbitantes.

Les femmes allaient-elles lui offrir une

1   10

calèche avec deux beaux chevaux blancs ?
Folie ! Un château ? Démence ! — Mais enfin, qu'allaient-elles lui offrir ?

Ainsi songeait le naturaliste, aveuglé ou
plutôt assourdi par la divinité qui préside
aux surprises.

Caro était arrivée jusqu'à la cheminée,
malgré la musique de ses souliers. Madame
Martin n'osait pas la regarder.

Lily retenait son souffle. Caro glissa une
œillade sournoise vers son maître pour
bien constater qu'il ne pouvait la voir, et
saisit résolûment, à deux mains, le globe
de la pendule.

Caro n'avait pas l'adresse d'une fée. Le
globe, soulevé avec trop de brutalité, tou-
cha l'extrémité du sujet : le manteau flottant de Phébé ou la pointe de l'arc du
centaure Chiron. Cela produisit une sourde
vibration.

Madame Martin eut aussitôt une quinte

de toux, tandis que la sueur perlait sous les cheveux charmants de Lily.

— Buvez un demi-verre d'eau, ma bonne amie, dit M. Martin ; vous aurez avalé de travers.

La maladresse de Caro était sauvée. Rose but sans soif un demi-verre d'eau.

— C'est étonnant comme cela fait mal ! murmura-t-elle.

— Cela fait un mal étonnant, appuya Lily d'une voix tremblante.

— Celles-là ne sauraient pas tromper, pensa M. Martin. — Comme elles se trahiraient, si elles avaient quelque chose à cacher !

Caro avait déposé le globe sur le tapis.

Madame Martin, qui comprenait les dangers du silence, faisait d'incroyables efforts pour trouver un thème de conversation. Quand on en est là, rien ne vient, c'est comme un fait exprès. Rien ne venait à madame Martin.

Elle toussa de nouveau.

— On dirait que tu te forces, bobonne, fit observer M. Martin.

— Je voudrais t'y voir! s'écria Rose; cela fait un mal étonnant!

— Oh! oui, approuva de nouveau Lily, c'est étonnant comme ça fait mal!

M. Martin cessa de tremper ses mouillettes et professa ainsi :

— Il n'y a rien d'étonnant dans ce fait... les connaissances anatomiques les plus élémentaires suffisent à l'expliquer. Les aliments, une fois ingérés, ont leur route tracée et distincte du canal qui conduit dans les poumons l'air atmosphérique nécessaire à ce travail que nous nommons la respiration. Au moment de l'ingestion du bol alimentaire, ce dernier canal se ferme à l'aide d'une sorte de soupape qui a dû fournir à la science certaines applications industrielles, dont la principale est la double lèvre continue du conduit où se fait le vide, dans les chemins de fer à moteur atmosphérique. — Voir le tronçon du Pecq à Saint-Germain. — Il arrive parfois, soit par suite d'une convulsion morbide, soit par l'effet d'un rire mal à propos provoqué, que cette soupape s'ouvre à l'instant où l'aliment prend sa route vers l'œsophage. L'aspiration se fait; l'aliment détourné pénètre dans la trachée artère et y produit des désordres instantanés...

C'était édifiant de voir avec quelle déférence attentive Rose et Lily écoutaient l'explication de M. Martin.

Caro, cependant, maîtresse de la pendule, s'en était prise aux aiguilles, comme si elle eût fait toute sa vie le métier d'horloger.

Grand Dieu! si M. Martin l'avait vue!

lui qui pour ses pendules ne s'en fiait à aucune main étrangère!

Mais, grâce à son explication scientifique, M. Martin ne vit rien. Caro, triomphante, prit le globe pour le remettre en place.

— Du sucre! demanda M. Martin; — le sucrier est vide.

Lily voulut se lever.

— Caro! du sucre!... Reste en place, petit fille!

Caro tenait son globe à deux mains. Elle le remit sur le tapis, mais si vite et si rudement, qu'il sonna le fêlé. Madame Martin ne fit ni une ni deux : c'était une femme de tête. Elle laissa tomber sa tasse dans sa soucoupe : la soucoupe et la tasse se brisèrent avec fracas.

Caro prit le sucrier et sortit en courant.

Cette ingénieuse diversion coûtait, il est vrai, quarante sous; mais, si jamais vous

avez besoin d'une diversion, n'en choisissez pas d'autre. Celle-ci est féconde
entre toutes. C'est un coup de tonnerre,
d'abord, qui tranche dans le vif et fait une
coupure nette, au beau milieu de la situa-
tion. Ensuite, c'est une inépuisable source
de bêtises sublimes, de ces lieux communs
domestiques qui s'enfilent les uns aux
autres comme les grains d'un chapelet
et peuvent servir de pont pour traverser
tout périlleux passage.

On part de ce principe lumineux :

— Cela ne serait pas arrivé si vous aviez
fait attention.

Ensuite, on évalue la perte contradic-
toirement.

Après quoi, l'on dit :

— Ce n'est pas la valeur de la chose.
mais je n'aime pas la casse!

Qui donc aime la colique? Connaissez-
vous des gens qui se réjouissent quand

le pavé glissant les a mis dans le ruisseau?

Mais on dit cela très sérieusement : *Je n'aime pas la casse!* Et, si quelque imprudent s'avise de rire, on se fâche tout rouge.

On ajoute cependant, en forme de maussade excuse : *J'aimerais mieux donner à un pauvre !*

En vérité, c'est là une noble et généreuse pensée. Grand merci pour les pauvres, et que Dieu vous le rende !

Il n'est pas un habitant des pays civilisés qui n'ait pu admirer ces naïvetés suprêmes, servant d'oraison funèbre à toute assiette cassée. Les sauvages seuls évitent ces fâcheuses litanies, parce qu'ils ont l'habitude de manger et de boire dans le crâne de leurs ennemis vaincus.

Quand Caro revint avec le sucrier, on en était encore à la *casse*, cette plaie de l'office et de la salle à manger, qui fait vivre néanmoins tous les faïenciers et tous les marchands de porcelaine. Grâce à la *casse*, Caro put remettre le globe en place sans encombre.

Elle fit de loin à madame Martin un signal victorieux, et se rapprocha pour continuer son service. Rose et Lily échangèrent un mystérieux serrement de main par-dessous la table. Il était bien facile de voir que leur respiration était plus libre ; leurs regards n'avaient plus cette inquiétude hagarde. Il semblait que leur poitrine fût soulagée d'un énorme poids.

M. Martin remarquait tout cela.

— Rien ne m'échappe ! pensait-il. Dans une autre voie que la mienne, j'aurais très-sûrement réussi par l'observation et la finesse... Quelle peine elles se donnent, les pauvres chéries, pour dissimuler leur embarras... Il n'y a que le sexe délicat et faible pour accorder à ces riens une importance capitale.

Et tout haut :

— Vous ne voulez plus de thé, mesdames?

— Non, trésor.

— Non, mon papa.

M. Martin repoussa la théière et demanda :

— Faisons une partie de loto pour tuer le temps?

Rose avait recouvré toute sa crânerie. M. Martin, qui l'examinait, pensait :

— La comédie de la tranquillité, maintenant; c'est superbe !

— Mon chéri, répondit Rose vaillamment, sais-tu que nous n'avons pas beaucoup de temps à tuer?

— Comment! pas beaucoup de temps?

— Sans doute... il s'en va l'heure de nous coucher.

Caro, à l'autre bout de la chambre, étouffa un éclat de rire.

M. Martin l'entendit et pensa aussitôt :

— Cela fait partie de la mise en scène... Elles ont fait des frais, cette année!... elles ont fait des frais !

— Quelle heure croyais-tu donc qu'il était, petit père? demanda Lily, de son ton le plus candide.

— L'heure que tu voudras, ma minette, répondit M. Martin.

La sonnerie de la pendule rendit ce son sec, suivi d'un grondement sonore, qui précède le travail du timbre.

— Voilà minuit! cria Caro, incapable de contenir sa joie.

Madame Martin avait le sang à la tête. Lily était blanche comme sa robe.

— Voilà minuit! répétèrent-elles toutes deux.

— Minuit? répéta le naturaliste à son tour. Ceci est par trop fort.

Il fit le geste d'atteindre sa montre.

— Ce lambin de Gérard ne me la rendra donc jamais! dit-il avec mauvaise humeur.

Gérard était l'horloger de Sèvres qui possédait la confiance de M. Martin.

Celui-ci comptait cependant, et, tout en comptant, il parlait :

— Quatre, cinq, disait-il. Minuit!... Êtes-vous folles toutes les trois? Six, sept... Il ne faut pas non plus essayer d'en faire trop accroire... Huit... J'ai la mesure du temps dans la tête... Neuf... dix... Je suis rentré à neuf heures... Onze... c'est onze heures...

Le douzième coup sonna. M. Martin ne le compta pas. Il resta véritablement stupéfait.

Ces dames le regardaient en tâchant

de sourire, mais le diable n'y perdait rien.

— Monsieur a pourtant le compas dans la tête, dit cette grosse Caro, insatiable de vengeance.

— Ah çà! fit M. Martin, — est-ce que j'ai la berlue, moi?

— Hum! de temps en temps, murmura Caro.

— Mon bon chéri, dit Rose, les heures passent si vite quand on est ensemble comme ça tous trois...

— Oh! oui..., ajouta Lily, — tous trois ensemble.

Caro fredonna, l'insolente créature :

Où peut-on être mieux qu'au sein de sa famille ?

M. Martin se leva d'un brusque mouvement, prit la lampe, et alla ouvrir la porte du salon.

Caro dit à madame Martin :

— Tâche !... je l'ai arrêtée... l'autre pendule !

— Elle ne marche pas! s'écria M. Martin en revenant. — Voyons celle de ma chambre.

— C'est arrangé, dit Caro à madame Martin, — je l'ai mise au pas !

— Minuit! fit M. Martin en revenant.

Puis, posant la lampe et d'un ton oratoire :

— L'homme sérieux, dit-il, n'éprouve aucune répugnance à reconnaître une erreur. Je me suis trompé, je ne le cache pas... cela m'arrive très-rarement, mais je ne prétends pas échapper aux conditions de la nature humaine... *Errare humanum est...* Eh bien, mesdames ?...

Il s'arrêta. C'était le moment officiel de la surprise. Il ne voulait pas brusquer son départ.

Caro alla chercher son bougeoir, qu'elle

alluma. Lily et sa mère s'étaient levées. M. Martin n'éprouvait encore d'autre sentiment que l'impatience.

— Elles ne sont pas à la réplique, se disait-il ; — est-ce que le feu d'artifice va rater ?

— Eh bien, mesdames ?... reprit-il tout haut.

— Eh bien, mon bon chéri, dit résolûment madame Martin, nous allons nous coucher.

Le naturaliste la regarda tout abasourdi.

Et la surprise ?

La surprise était déjà en retard de trois minutes.

C'était la première fois depuis vingt ans !

— Bonsoir, petit père, dit Lily, qui vint, son bougeoir à la main, lui présenter son beau front à baiser.

Rose vint également avec son bougeoir.

— Bonsoir, mon bon chéri, dit-elle.

M. Martin eut peur, un instant, de céder à la détresse subite qui lui serra le cœur. Ses yeux se baissèrent. Il sentit qu'il avait envie de pleurer.

Il n'y avait donc pas de surprise! c'était un fait bien avéré. Ses femmes avaient oublié sa fête.

C'est en ces occurrences que les hommes de valeur montrent la force de leur esprit. M. Martin prit son bougeoir à son tour.

— Bonsoir, mes enfants, dit-il avec ce calme fier qui était le caractère et l'ornement de sa physionomie.

Il gagna la porte de sa chambre d'un pas ferme. Il l'ouvrit. Il disparut, non sans avoir glissé un dernier regard où se mourait l'espoir.

— Bonne nuit, monsieur Martin ! lui cria

la Comtoise au travers de la porte ; —
ayez de beaux rêves.

Jamais le coup de pied de l'âne ne
manque aux grandes infortunes.

VI

— Théorie des surprises —

Eh bien, M. Martin n'était pas encore
convaincu tout à fait qu'il n'aurait point
de surprise. On ne renonce pas comme
cela à ses vieilles habitudes. Il déposa son
bougeoir sur la table et s'assit auprès de
son lit.

A chaque instant, il croyait voir sa

porte s'entr'ouvrir doucement pour donner passage à la surprise. Il rêvait tout éveillé d'orangers fleuris, de bouquets monstres, de couvre-pieds brodés, de vases de Chine et d'étuis de mathématiques.

Les surprises revêtent ces diverses formes. Elles sont parfois dans une cage coquette, sous l'espèce d'un serin savant; parfois sur un bâton, déguisées en perroquets patus bavardant comme père et mère. M. Martin aimait ces perroquets; il ne détestait pas les serins. Mais, depuis bien longtemps, il avait envie d'une calotte grecque brodée d'or.

L'idée de la calotte grecque brodée d'or lui vint. Il souleva son oreiller pour voir s'il n'y avait rien dessous. Les surprises peuvent se cacher sous les oreillers.

Hélas! ce pauvre M. Martin eut honte d'avoir soulevé son oreiller. Il n'y avait sous son oreiller que son madras de nuit.

— Chose singulière! la passion des surprises le prenait décidément à la gorge. Il eût accepté la moindre des surprises. Une demi-douzaine de foulards l'eût rendu l'homme le plus heureux de l'univers.

Mais le temps passait, mesuré par le tictac impitoyable de la pendule.

M. Martin avait froid : sa tête lui faisait mal.

Il faut bien dire les choses telles qu'elles sont et avouer que notre société n'est pas sans commettre çà et là quelques petites injustices. M. Martin était un véritable savant, un puits de science même. Sa valeur, comme naturaliste, était connue de quelques confrères et hautement appréciée; mais cela ne sortait point d'un certain cercle au delà duquel le nom de M. Martin était profondément ignoré. Le talent ne suffit pas toujours pour réussir.

Le talent est un outil auquel il faut un manche. L'outil de M. Martin était mal emmanché.

Le manche est cependant si important, qu'on a vu des gens parvenir sans l'outil.

M. Martin avait de la roideur. Son naturel était un peu sauvage. Bien qu'il abhorrât l'exagération, il avait de lui-même une opinion un peu trop avantageuse, qu'il laissait percer trop franchement. Ajoutez à cela de petits ridicules assez nombreux et parfaitement incurables, vous aurez le secret de son isolement et de son obscurité.

Les grands ridicules servent parfois. N'est pas qui veut personnage de haute comédie. Les petits ridicules assassinent à la manière du charbon, par l'asphyxie.

M. Martin avait, du moins, pour se consoler des oublis et de l'antipathie du monde, le bonheur complet dans sa famille. Il prétendait se suffire avec cela. Je crois qu'il avait tort. Ces petits hommes austères ne méprisent les hommes qu'en paroles. Mais, enfin, M. Martin vivait tranquille dans son coin. Il avait le droit de se croire dieu dans sa maison.

Et voilà que, pour la première fois, il se sentait attaqué dans le sanctuaire même où il réfugiait ses secrets ennuis ! C'était encore par orgueil qu'il souffrait ce soir; mais son orgueil, ici, était de l'amour. Ne lui reprochez pas l'obstination, en apparence puérile, avec laquelle il se cramponnait à son espoir. Jetez un voile clément sur les péchés de sa vanité. Il souffrait. Il vous eût fait pitié.

Mais il ne voulait pas s'avouer qu'il souffrait. Les serrements de son cœur l'humiliaient. Il eût voulu se cacher à lui-même sa blessure.

— Ce qui me fâche, se disait-il, c'est

qu'elles ont pu remarquer du désappointement sur ma physionomie, d'ordinaire
si calme!... Il serait désolant qu'on pût
me croire capable d'attacher la moindre
importance à ces misères...

Quand ce pauvre M. Martin se livrait à
ces monologues, il ne se bornait pas à
penser; il parlait bel et bien comme feu
les princes de tragédie. C'est l'habitude
des solitaires.

M. Martin causait ainsi avec lui-même
dans l'isolement de ses longues prome-
nades. Les bois de Fausse-Repose l'a-
vaient entendu bien souvent soutenir
contre lui-même des discussions ardues
et compliquées où il avait fait doublement
preuve d'éloquence en défendant, lui tout
seul, deux opinions contraires.

M. Martin mettait dans ces controverses
soliloques beaucoup de gravité, de cour-
toisie et de mesure. Les discussions entre

gens bien élevés ne doivent jamais dégé-
nérer en querelles.

— Mon Dieu! s'interrompit-il, on sait
bien que je ne suis pas homme à me cha-
griner pour un cadeau qu'on oublie de
me faire... C'est un joug que je subis, une
obligation que je remplis pour faire plaisir
à ces dames... rien autre chose...

Il soupira. Son regard se fixait tour à
tour sur les divers objets qui meublaient
sa chambre à coucher pour voir si aucun
d'eux n'avait changé de tournure. — Il y a
des surprises qui passent inaperçues.

On est quelquefois tout près d'une surprise sans s'en douter le moins du monde.

Pendant qu'il se livrait à cette recherche
sans en avoir la conscience, un sourire lui
vint aux lèvres.

— Peut-être! peut-être! se dit-il; les
folles en sont bien capables! La petite a
voix au chapitre maintenant. La hardiesse

de son jeune esprit rajeunit tout naturellement les idées de la maman... Elles vont attendre que je sois endormi... elles vont venir m'éveiller... Que le diable emporte l'imagination !

Il repoussa d'un coup de pied le tabouret auquel il appuyait ses talons. Cet acte de violence le surprit et lui donna de la contrition.

— Je ne me reconnais plus moi-même ! murmura-t-il avec une sorte de terreur ; je crois que je suis en proie à une certaine agitation !

Il saisit son poignet gauche de la main droite et s'approcha de la cheminée. Pendant une minute entière, il resta immobile, l'œil fixé sur l'aiguille de la pendule.

— On ne peut jamais être sûr, murmura-t-il, quand on n'a pas de montre à secondes... Ce Gérard ne me rend pas

la mienne : c'est inconvenant... Néanmoins, par approximation et sauf erreur,
je trouve soixante-dix-sept pulsations à
la minute... Ceci me paraîtrait complète-
ment anormal... je n'en ai habituelle-
ment que soixante-six... cela ferait onze
d'augmentation... sans doute, le commen-
cement d'une fièvre brûlante...

Il alla chercher son bougeoir et se regarda dans la glace. L'aspect de sa figure
lui arracha un cri d'effroi.

— Je suis connu pour ne rien exagérer,
pensa-t-il tout haut. Même en ce moment
où j'entame sans doute une très-grave
maladie, je possède tout mon calme... je
suis à même d'apprécier que je suis très-
défait et horriblement pâle !

M. Martin ne se trompait pas. Il était
changé. Ses yeux avaient un regard morne,
et sous ses paupières un cercle d'estompe
se montrait.

— Cela va bien! fit-il d'un air sombre; elles se repentiront de m'avoir oublié!

Il eut incontinent remords de ce sentiment mauvais, et ajouta :

— Je les détromperai... Je leur dirai : « Le mal couvait... le germe empoisonné était en moi... »

Voyez pourtant où peut conduire la privation de surprises! M. Martin parlait ainsi en vue de sa mort prochaine.

Oh ! gardez-vous de contracter ces habitudes qui, au premier abord, semblent insignifiantes. Ce simple récit a plus d'une moralité. Voici la première : Usez des surprises, mais n'en devenez jamais l'esclave.

M. Martin, ayant constaté la pâleur de ses joues, eut aussitôt le frisson : c'est la règle. Il s'adressa à lui-même, dans le miroir, un mélancolique sourire; puis, se touchant le front avec le geste de Gilbert à l'hôpital, il dit :

— Et pourtant, il y avait encore bien des choses là !

Il ôta sa robe de chambre et resta un instant en bras de chemise devant la glace.

— Je comprends la poésie de la tristesse ! murmura-t-il.

Quel aveu ! M. Martin, confus de sa faiblesse, se redressa et darda au miroir un regard de défi.

— Tu es muet, toi ! dit-il avec le geste qu'il fallait pour accompagner cette prosopopée ; — tu ne répéteras pas mes paroles imprudentes !

Il revint vers son lit et drapa sa robe de chambre au pied de sa couverture. Son madras fut noué avec soin sur ses oreilles. Il dépouilla son gilet, puis son pantalon. Les petits hommes maigres ont souvent l'habitude d'admirer leurs formes quand ils sont en caleçon. M. Martin cambra un peu le jarret ; mais le sourire qu'il accordait, chaque soir, à ses rotules un peu pointues, fit défaut.

— Sottise ! gronda-t-il tout à coup dans les notes les plus creuses de sa voix ; — l'homme est un être fatalement misérable !... Ceci n'est pas une blessure, c'est une chiquenaude, et voilà ma philosophie en déroute ! Nous sommes bien plus sensibles au mal qu'au bien... c'est de l'ingratitude !... Que diable ! j'ai découvert le gypsium ! j'ai modifié la nomenclature de Linné. Ce soir encore, n'ai-je pas rencontré en chemin le plus beau cadeau de fête que le hasard puisse offrir à un fils de la science ?... Cette hybride...

Sa tête tomba, lourde, entre ses mains.

— Rose !... Rose ! soupira-t-il ; c'est la première fois... On a beau dire... Ce sont les fleurs de l'existence !... Que m'importe le hasard ?... Est-ce que j'aime le hasard !...

C'est Rose qui aurait dû me souhaiter ma fête!...

La porte craqua. M. Martin bondit sur ses pieds. Tout son pauvre visage, naguère si pâle, s'illumina aux rayons d'un allégresse infinie.

— Elles viennent ! elles viennent !... pensa-t-il; — les voici; je les entends! je distingue le pas un peu alourdi de ma bonne grosse femme! je distingue le pas léger de ma petite Lily... Elles sont là... elles chuchotent...

Il se mit à marcher vers la porte sur la pointe de ses pieds nus, — non point pour écouter mieux ou se convaincre davantage : il avait une certitude, — mais pour pousser le verrou.

Cet espiègle M. Martin voulait se venger.

Si vous aviez vu sa figure pendant qu'il accomplissait cet acte de gai badinage! Il était rajeuni de dix ans. — Ah! la surprise avait voulu se moquer de lui! Elle était derrière la porte, la surprise; il allait lui barrer le chemin!

M. Martin n'avait plus de fièvre. Ce que c'est que l'idée!

Le verrou glissa tout doucement dans sa gâche, et le malin naturaliste, riant d'avance du désappointement de ces dames, mit son oreille à la serrure.

Il ne s'était pas trompé. On entendait des pas dans les chambres voisines : le pas sourdement pesant de Rose et le pas de biche de Lily. — On entendait aussi des chuchotements.

— Maintenant, se dit M. Martin, heureux comme un roi, — faites vos manigances, — je vais me coucher!

Il souffla sa bougie et se coula entre ses draps.

Aussitôt que la bougie fut éteinte, une

ligne lumineuse se montra sous la porte.
M. Martin regardait cette ligne. C'était le
bout d'oreille de la surprise.

— Il est incontestable, se dit-il, que
l'exagération n'est point mon fait. Je vois
les choses à la rigueur, et telles qu'elles
sont... mais la matière réagit tout naturellement sur l'esprit... Il faut que je sois un
peu malade, car j'ai eu un accès de véritable enfantillage... Qu'avais-je à craindre
en réalité? ne suis-je pas sûr de Rose?...
Et ce pauvre petit chou de Lily? A l'âge de
Stanislas, elle me faisait déjà des compli-
ments... Mais Stanislas est un homme! il
a le caractère plus mâle... Ah çà! que
font-elles donc? Allons-nous passer la nuit
à ce jeu-là?

Le bruit de pas avait cessé. On n'entendait plus de chuchotements.

— Ma foi, je vais dormir! se dit M. Martin; le verrou veille pour moi.

Il ferma les yeux ; mais le sommeil ne vint pas. Il écoutait toujours. Un silence profond régnait dans la maison. Un roulement de voiture le rompit.

Je ne sais pourquoi ce roulement de voiture impatienta M. Martin, qui se retourna dans son lit. Il rouvrit les yeux. Cette ligne lumineuse ne brillait plus sous la porte. M. Martin se souleva sur le coude. Il était éveillé comme une souris.

— C'est de l'abus ! pensa-t-il ; l'année prochaine, je prohiberai les surprises.

En attendant, le verrou faisait une faction inutile. Personne ne livrait assaut à la retraite de ce pauvre M. Martin, sinon ce fâcheux ennemi qu'on nomme le dépit et qui entre malgré les verrous.

Mais revenons à ces dames. Aussitôt après le départ de M. Martin, madame Martin avait lancé son commandement favori.

— Et vite! et vite!

J'ai connu de grosses dames agitées qui passaient leur vie à se dépêcher ainsi et qui, en définitive, manquaient toujours le coche. L'agitation empêche d'aller.

— Et vite! et vite!

Elles partent comme des locomotives, mais elles ont oublié leurs gants. C'est la faute de Caro; c'est la faute de Justine ou de Jeannette, quel que soit le nom de la servante. Elles reviennent à toute vapeur; elles prennent leurs gants, mais elles laissent leur mouchoir. Elles arrivent enfin, toujours au galop, et vite!-et vite! c'est fait exprès pour elles! On voit encore la fumée du train; le bateau n'a pas encore doublé la pointe de la jetée. Sans Jeannette, sans Justine ou sans Caro, elles étaient en avance d'une demi-heure!

Et dire qu'on ne peut se passer de ces filles!

— Voyons, Caro! voyons, Lily! voyons, mes enfants! Il ne s'agit pas de s'endormir! Mon bonnet à fleurs... celui du dimanche gras aux Italiens... Soyez prête, Lily... vous savez bien que ce n'est jamais moi qui fais attendre!

Lily faisait de son mieux, mais sa mère la dérangeait à chaque instant pour une agrafe à passer, pour une épingle à attacher. Et vite! et vite!

— Quoique ça, dit Caro en posant le col de madame, je viens de faire là de l'ouvrage bien faite.

— Ne prenez pas un pied à cause de cela, ma fille, lui répondit sèchement madame Martin. Une domestique qui aurait un air avec moi ne resterait pas vingt-quatre heures à la maison... Ne supposez rien... la conduite de vos maîtres ne vous regarde pas.

— Où donc que vous allez aller comme

ça, madame? demanda Caro incapable de réprimer sa curiosité.

— Si on vous le demande, repartit madame Martin avec un sourire goguenard, n'oubliez pas de répondre que vous n'en savez rien.

Puis elle ajouta :

— Avez-vous jamais vu!... cela vous interroge!... Et vite! et vite!

— Maman, je suis prête, dit Lily.

Madame Martin lui fit signe d'approcher et lui glissa à l'oreille :

— Dis-leur de patienter une minute, une seconde. Ils savent bien que je ne fais jamais attendre.

— A vos affaires, ma fille! ordonnat-elle à Caro, qui tâchait d'entendre. Ai-je mes gants, mon éventail?

— Ah! dit Caro, vous faut votre éventail?

— Et veillez bien à Stanislas, le pauvre

mignon!... Mon écharpe, ma fille! Mon
Dieu! que vous êtes empâtée!... A votre
âge, moi, j'allais comme le vent... Ai-je
mes gants?

— Voilà trois fois que je vous les re-
donne, fit observer Caro; — vous les re-
portez toujours dans des coins.

— Ai-je mon mouchoir?... Pas celui-
là... le tout brodé... Je ne sais pas où
vous avez fourré mes gants...

— Et de quatre!... Mettez-les à vos
mains, ou vous les égarerez.

— Et vite! et vite!... L'éventail, ma
fille!... Je n'ai qu'un gant, vous voyez
bien!... D'où vient cela?... Quel brouillon!
Seigneur! il faut de la patience!

Elle allait, elle venait, elle tournait,
elle soufflait, elle cherchait, elle travail-
lait. Et vite! et vite! Elle ne faisait absolument rien. C'était un empressement
vain, une peine superflue, une dépense

inutile d'haleine. Mais, tudieu! elle ne se ménageait pas!

— Nous y sommes! s'écria-t-elle enfin. Lily!... je parie qu'elle va me retarder!... J'ai mes gants... j'avais mes gants... Lily... un peu de vivacité, au nom de Dieu, ma chérie... J'ai l'éventail... Oh! mon flacon!... Pourquoi ai-je deux flacons?... C'est le vôtre, Lily... Sachez donc serrer vos affaires. Que voulez-vous que je fasse de votre flacon?... Mais vous bavardez et le temps passe... Et vite! et vite!

Elle s'élança. Sa robe se prit au bras d'un fauteuil et se déchira.

— Des épingles! Lily! Caro! qui a posé ce fauteuil?... Deux épingles suffisent... Voilà qui est bien... N'avais-je pas mon éventail?... Et vite, Lily, mon enfant! vous n'en finirez pas!

Elle passa le seuil, mais elle se retourna pour dire :

— Faites ce que vous savez, Caroline...
et couchez-vous tout de suite... On m'a
caché mon mouchoir... Non, le voilà !...
J'ai mes gants... oui... Ah! on peut bien
dire que je ne suis pas secondée !

Tant qu'elle fut dans l'escalier, on put
l'entendre broder ce thème inépuisable. Au
bas de l'escalier, elle réclama son éventail,
qu'elle avait à la main. En traversant la
cour, elle déplora la lenteur de Lily, qui,
certes, n'en pouvait mais ; à la porte donnant sur la ruelle, deux hommes en habit
noir et en cravate blanche attendaient.

Ils croyaient sans doute avoir le droit
d'éclater en reproches; mais madame Martin parla plus haut qu'eux. Sans elle, rien
n'eût été fait. Il fallait s'estimer bien heureux qu'elle eût mis la main à la besogne.

— Voulez-vous savoir, dit-elle, tout ce
qui nous est arrivé? les contre-temps, les
embarras, les anicroches !...

— En route! l'interrompit le plus agé des deux messieurs ; nous savons que vous êtes une fée... Sans vous, tout était perdu!

Il la prit sous le bras et l'entraîna vers l'extrémité de la ruelle, tandis qu'elle protestait.

— Mes volants ! Prenez garde !... mon pied va tourner... Ne vaudrait-il pas mieux être en avance que se presser ainsi?

Par derrière venaient Lily et le plus jeune des deux messieurs. Ceux-là ne disaient rien.

Au bout de la ruelle était la rue. Une voiture attendait. La lueur des deux lanternes éclaira la toilette un peu trop voyante de madame Martin et la délicieuse simplicité de Lily. Elle éclaira, en outre, nos deux messieurs, dont l'un était un bon gros père noble d'une cinquantaine d'années, et l'autre un jeune premier tourné admirablement. Nous avons déjà vu le

jeune premier caracolant sur un joli cheval au tomber du jour. C'était M. Alexandre
Bonnard, poëte d'espérance et romancier
précoce. L'autre était M. Bonnard le père,
un veuf plein de gaieté.

M. Bonnard le père hissa madame
Martin dans la voiture. Pendant qu'on la
guindait, elle recommanda ses volants.
Une fois guindée, elle fit l'appel de son
mouchoir, de son flacon, de son éventail
et de ses gants, qui, tous, par impossible,
se trouvaient à leur poste.

M. Bonnard monta à son tour, puis Lily,
puis M. Alexandre.

— Et vite! et vite! criait cette bonne
madame Martin. Ah! si j'étais homme!

La portière fut fermée et Alexandre
cria :

— Au galop, Vincent! c'est à deux pas!

La voiture s'ébranla aussitôt. Un qua-
druple éclat de rire salua son départ, à

l'intérieur de la caisse, où l'on était très-
serré. Madame Martin tenait les sept
huitièmes de la place, les autres faisaient
comme ils pouvaient. La mélancolie n'y
avait où se mettre. Pauvre M. Martin!
Souvenez-vous que ce roulement de voiture l'avait fait retourner dans son lit.

Caro, cependant, avait pris congé offi-
ciellement de ces dames au haut de l'escalier. Elle leur avait souhaité bien du
plaisir; elle avait promis de veiller sur
Stanislas. Madame Martin pouvait être
tranquille.

Mais, quand ces dames furent dans la
cour, Caro descendit tout doucement et
les suivit jusqu'à la porte de la ruelle.
Les yeux de lynx qu'elle avait, au dire de
M. Martin, dès qu'il s'agissait des Bonnard, firent leur office. Elle reconnut le
père et le fils. Elle n'eût pas donné sa
soirée pour un mois de gages!

— Ça va bien ! se dit-elle. Monsieur peut dormir sur les deux oreilles. Ils sont appareillés deux par deux, ça fait que personne ne s'ennuiera.

Elle se glissa dans la ruelle et ne rentra qu'après le départ de la voiture.

— Ça va bien ! ça va bien ! répétait-elle. De quoi va-t-il rêver, cette nuit, le père Martin ?

De retour au logis, son premier soin fut d'accomplir la recommandation de sa maîtresse. Elle souleva une seconde fois le globe de verre qui était sur la cheminée de la chambre à coucher de madame, et, pour que M. Martin n'eût aucun soupçon de son mystérieux travail, elle emporta la pendule jusque dans sa cuisine. L'aiguille, sous sa main lourde et malhabile, fit onze fois le tour du cadran. Comme elle achevait le onzième tour, une petite pierre vint sonner contre les vitres de la croisée.

— Tiens! tiens! fit la Comtoise, est-ce que François vient aussi me chercher en voiture?

Elle eut de la vertu; elle ne répondit pas. La pendule fut transportée de nouveau et remise à sa place.

— C'est fait gentiment, cet escamotage-là, pensa Caro en remettant le globe, quoiqu'on n'ait pas été élevée aux Oiseaux.

Ce sarcasme du naturaliste lui tenait cruellement au cœur.

— Ils sont envolés, tes oiseaux, reprit-elle en jetant un regard moqueur vers la porte de son maître. Ronfle, mon bonhomme! Ça te va bien de dire qu'il faut veiller sur moi... Moi, je ne cours pas la pretentaine au clair de la lune... moi, je suis une honnête fille!... Mon bonhomme, ce n'est pas sur moi qu'il faut veiller!

Dans le silence de la nuit, ce signal éminemment parisien se fit entendre:

— Prrrrrr!...

Caro arrangea son bonnet devant la glace et se prit à sourire. La tentation commençait.

— Il est gentil, ce François, soupirat-elle. Et dire que monsieur l'appelle un lourdaud !

— Prrrrrrr ! prrrrrrr ! prrrrrrrou !

Ce ne fut pas par amour pour François, ce fut par rancune contre M. Martin. Caro éteignit la lumière. Quand elle ouvrit la porte du palier, elle hésitait encore. Elle alla écouter du côté de la cuisine. Stanislas dormait.

— Bah ! se dit-elle en prenant décidément la clef des champs, François fera un bon mari... et puis, on n'a pas été élevée aux Oiseaux !...

VII

— Nuit d'insomnie —

Les fenêtres de toutes les maisons voisines s'étaient successivement assombries. La fille de M. Bernard de Pierrefonds, qui étudiait le piano « pour faire danser, » avait cessé la bataille acharnée qu'elle livrait à ses polkas cruelles ; on ne jouait plus au billard chez M. Giraud de Bonnefontaine ; le whist était achevé chez M. Picard de Lieusaint. Dans le salon épilatoire et célèbre de madame veuve Albert de Lustrac elle-même, la théière était refroidie. Toutes ces nobles familles dormaient.

Le silence, fils de la nuit, régnait à Ville-d'Avray.

Le temps était orageux et chaud. Des nuages noirs couraient au ciel, voilant et découvrant tour à tour la lune décroissante. Le vent sifflait dans les branches encore dépouillées des arbres. Certaines nuits prêtent au drame. Il est des moments où l'aspect du ciel fait songer aux violentes péripéties. Par ces heures de tempête menaçante, on est moins étonné de voir passer au travers d'un carreau brisé, le poing d'Antony, entouré d'un foulard pour éviter des écorchures toujours pénibles.

Si j'étais bandit, je choisirais volontiers ces soirées où tous les démons du romantisme sont dans l'air, où il semble que la nature soit un décor agrandi de la Porte-Saint-Martin, où les buissons posent en brigands de la Calabre dans les haies.

Enfer et damnation ! ce sont de bonnes
soirées pour couper des têtes de vieillard,
calmes et belles, qu'on revoit bien longtemps dans ses rêves ; pour traîner une
douce victime par les cheveux, ou pour
vider, en grinçant, la coupe âcre de l'a-
dultère !

Eh bien, c'était une nuit comme cela.
Les rayons pâles de la lune entraient par
intervalles dans la chambre à coucher de
madame Martin, où l'alcôve fermée montrait les longs plis de ses rideaux à ra-
mages. Ce n'était que de la perse à dix-huit
sous le mètre, mais cela faisait un terrible
effet aux lueurs changeantes de l'astre
nocturne. Les lithographies pendues aux
murailles prenaient l'aspect de sévères portraits de famille, et les tasses vides, encore
éparses sur la table, donnaient au tableau
je ne sais quelle couleur d'orgie.

Un bruit se fit dans la chambre de

M. Martin, un bruit mystérieux et sourd.
Des pas étouffés s'approchèrent de la porte
avec précaution. Le pêne de la serrure
joua doucement dans la gâche. Une lumière brilla.

Le drame n'allait donc point manquer
au décor! Ces scènes de nuit ont une saveur extraordinaire.

Le bout du nez de M. Martin se montra.
Il était très-rouge au milieu de sa face
pâle. On a tort, au théâtre, de négliger cette
opposition. Elle fait peur. M. Martin
tenait à la main son bougeoir. Il était vêtu
de sa robe de chambre à demi fermée, qui
laissait à découvert son cou maigre et
ligamenteux. Ses jambes tremblotaient
dans un pantalon à pieds. Il avait son madras sur les oreilles.

Je ne sais pourquoi l'on a fait à ces
déshabillés de nuit une réputation de pro-
saïsme. Si M. Martin eût porté un bonet

de coton, je n'aurais pas osé mettre ce détail dans ma description. Nous devenons trop délicats : c'est signe de décadence.

Mais M. Martin ne se servait que de madras. Il arrangeait très-bien son madras avec une rosette au milieu du front : c'était sa seule coquetterie.

L'insomnie le chassait de sa couche, on voyait bien cela. Le quart d'heure qui venait de s'écouler lui avait paru long comme toute une journée d'ennui. Il arrivait, le cœur plein de tristesse et de monologues. Les paroles emphatiques se pressaient déjà sur sa lèvre blême.

Mais qu'il était changé, mon Dieu ! *Quantum mutatus ab illo!...* Il avait bien encore cet air digne et grave qui était l'honneur de sa physionomie, mais il s'y mêlait déjà je ne sais quelle humilité de vaincu. Suffit-il d'un quart d'heure d'an-

I   13

goisses pour abattre ainsi un homme
fort ?

Oui, répondrons-nous hardiment, quand
il s'agit de surprise. Entre toutes les ma-
ladies morales, l'attente d'une surprise est
la plus énervante.

M. Martin s'arrêta au seuil et leva son
bougeoir pour promener autour de la
chambre un mélancolique regard.

— Rose sommeille ! murmura-t-il,
quand son œil rencontra les rideaux fer-
més de l'alcôve. — Elle a pu trouver le
repos ! sa conscience ne lui reproche rien !
Vanité des serments d'amour ! C'était tout
ce que je voulais savoir. Rose sommeille !
cela me suffit ; je suis content !

Il repoussa la porte et rentra dans sa
chambre, qu'il se mit à parcourir lentement.

— Rose sommeille ! répéta-t-il. Pendant que je me tordais entre mes draps

brûlants, la compagne de ma vie dormait !
Rien ne l'avertissait des désordres graves
qui compromettaient la santé de son
époux. La sympathie n'est qu'un vain mot.

Il drapa sa robe de chambre autour de
ses reins et pressa un peu le pas, parce
qu'il avait froid.

— Moi, je ne m'en cache pas, reprit-il,
je ne peux pas dormir. J'ai le cœur gros...
bien gros ! j'ai l'âme malade. Les autres
années, la veille du 1er mai, l'heure de minuit était si brillante, si joyeuse, si folle !...
Toute la maison riait... et j'étais le roi de
cette fête !... Il y aurait de quoi... — Arrêtons-nous ! s'interrompit-il, arrêtons-nous
sur cette pente, on irait trop loin... Heureusement que je suis doué d'une très-
grande force de caractère...je vois les choses telles qu'elles sont, avec une précision
purement mathématique... C'est un oubli
de leur part. L'oubli est une chose déso-

bligeante, mais ce n'est pas un crime...
Demain, Rose se repentira; il sera trop
tard... Mais qu'elle soit tranquille : ici,
comme toujours, je suivrai les conseils
de ma dignité naturelle ; je serai muet,
pas un mot de reproche ne tombera de
ma bouche... bien plus, j'éviterai toute
allusion, même indirecte...

Un long et profond soupir s'échappa de
sa poitrine pendant qu'il prenait ces excel-
lentes résolutions.

— Je ne suis pas bien, murmura-t-il ;
c'est un fait. J'éprouve un malaise auquel
la plupart des gens de ma connaissance
accorderaient l'importance d'une maladie... Dieu sait ce qui en résultera. J'ai
ceci de bon, que l'imagination n'augmente
jamais mes souffrances.

Il se tenait un peu courbé ; sa main
droite s'appuyait sur le tapis de son guéridon, qui était brodé au petit point et

très-beau. Son regard s'attendrit tout à coup ; sa basse-taille s'adoucit jusqu'à trouver des notes de baryton, pendant qu'il murmurait :

— C'est le cadeau de l'année dernière ; à pareille heure, elles m'apportaient ce charmant produit de leurs veilles... Elle avait collaboré... on reconnaissait bien le travail de ma femme, qui était peu considérable et mal fait... C'était ce que j'aimais le mieux ; en regardant le tapis, je cherchais toujours les petits coins gâtés par ma compagne... Pour m'offrir cela, Rose avait retrouvé son sourire de vingt ans, et ma petite Lily avait des larmes aux yeux !

Une larme roula sur sa joue. Il l'essuya du bout de son index en disant :

— Voilà bien l'effet de ma prédisposition ! Quand j'ai perdu mon grand procès en 45, je n'ai pas pleuré... Pleurer pour de pareilles misères !... je vais être bien

malade... J'ai toujours redouté la fièvre
typhoïde... Il serait sage de me remettre
au lit.

Il fit un pas vers son alcôve. Son pied
heurta contre un tabouret.

— Ceci, c'est de l'année d'avant, poursuivit-il d'une voix dolente. Je me suis
fait beaucoup de mal en choquant ce petit
meuble ; cela a porté justement sur mon
cor... mais je suis dur à la souffrance...
Elles m'apportèrent les quatre tabourets :
un oiseau, un quadrupède, un poisson,
un insecte ; le reptile manquait, on avait
été pris de court.

M. Martin était auprès de son lit. Il repoussa le couvre-pieds d'un geste décou-
ragé.

— Ceci, continua-t-il, c'est d'il y a
quatre ans... il s'est fané vite, mais il était
fort brillant. La descente de lit est d'il y
a trois ans... cinq ans, la bergère... six

ans, les trois chauffeuses... sept ans, les coquillages montés en coupe... huit ans, le porte-montre. — Mon Dieu ! mon Dieu ! s'interrompit-il, partout où mon regard se porte, je rencontre des preuves de leur attentive et délicate tendresse. Ma retraite fut ornée par leurs mains. Tout ici est plein d'elles. Chacun de mes meubles est une surprise.

Au lieu de se mettre au lit, il se laissa choir dans la bergère.

— Cela devait donc finir ainsi ! s'écriat-il en se couvrant le visage. Il y a un terme à tout, dit le proverbe impitoyable : le terme de ma félicité domestique est arrivé... je n'exagère pas, je suis calme. Il me suffit de jeter les yeux autour de moi pour voir que, depuis quelque temps, le malheur me poursuit avec un inqualifiable acharnement... Rien ne me réussit... mes travaux restent dans l'ombre... mes

découvertes sont mises sous le boisseau...
mes amis eux-mêmes m'abandonnent...
Les Bonnard... ils étaient là l'an dernier...
Je suis délaissé, conspué, enterré... *De
profundis!*

M. Martin ôta ses mains qui cachaient
son visage.

Une pointe d'ironie naissait parmi son
désespoir.

— N'est-ce pas la juste récompense de
trente ans d'études consciencieuses et de
stoïque honnêteté? demanda-t-il. On a
comblé de distinctions et d'emplois divers
tous mes rivaux... tous mes inférieurs...
moi, je suis comme un petit saint Jean...
personne ne songe à moi, je n'existe pas,
je suis mort! Certes, reprit-il en se redressant à demi, je ne tiens pas à ces vains
honneurs que dispensent les grands de
la terre. Je n'ai pas d'ambition; j'appar-
tiens, par mon mépris des grandeurs, à

l'école stoïcienne ; mais c'était pour ceux
qui m'aiment... Les femmes ont la frivo-
lité de s'enorgueillir de cela...

Il eut un rire sec et sardonique en
ajoutant :

— J'aurais dû dire : ceux qui m'ai-
maient, car il me semble manifeste qu'il
faut désormais parler au passé. On ne
m'aime plus, on m'oublie... on me met
au panier... peut-être est-ce parce que je
ne suis pas décoré... Les femmes ! les
femmes !

Il se leva dans un soudain accès d'exci-
tation.

— Heureusement, poursuivit-il, les lèvres tremblantes et les yeux allumés,
fort heureusement que j'apprécie tout
avec une froideur étonnante ! L'imagination est chez moi une esclave. Je voudrais
exagérer, que je ne le pourrais pas ! Je
remercie Dieu pour ces trésors de calme

qu'il m'a généreusement départis... Je reste impassible devant toutes ces piqûres... Je vais réveiller ma femme.

Il se dirigea vers la porte et mit la main sur le bouton.

— Vingt-cinq ans d'union, se dit-il avant d'ouvrir ; — jamais un nuage sérieux !... jamais un reproche !... Vais-je commencer aujourd'hui ?

Le bouton ne tournait point. M. Martin hésitait.

— Réveiller ma femme ! répéta-t-il, sous quel prétexte ? A-t-elle manqué aux serments qu'elle m'a faits à l'église et à la mairie ? M'avait-elle promis solennellement de me faire, chaque année, une surprise ? Vais-je jouer ce rôle burlesque du vieil enfant qui réclame son jouet du jour de l'an ? — Une surprise ou la mort ! s'interrompit-il en un ricanement convulsif ; c'est bien digne de l'inventeur du gypsium !

Cela va parfaitement à mon âge et à mes
études... Courage! on nous achètera un
hochet de cinq sous! Quelqu'un m'a jeté
un sort! Je ne me reconnais plus! Moi,
l'homme du raisonnement rigoureux et
précis; moi, Philippe-Martin, qui avais
annoncé l'hexadynamie avant même d'a-
voir trouvé dans la nature aucun individu
de cette classe!... absolument comme
Colomb soutenait *à priori* l'existence du
nouveau monde... Non! non! mille fois
non! c'est absurde, c'est petit, c'est inouï
de niaiserie : je ne troublerai pas pour si
peu le sommeil de madame Martin.

Il lâcha le bouton et fit un pas pour
s'éloigner de la porte; mais il ne fit qu'un
pas.

— Mon brave, se dit-il en s'adressant à
lui-même d'un ton insinuant et plein d'humilité, — tu as raison, tu parles d'or...
enfin, tout ce que tu voudras; mais je

souffre, voilà ce qui est certain... Tu con-
viendras avec moi que je n'ai pas l'habitude d'exagérer... Eh bien, je souffre.
Lequel de mes organes est attaqué? Je n'en
sais rien; mais je souffre... C'est une folie,
soit... une faiblesse, d'accord... on ne raisonne pas la souffrance.. J'aime ma femme,
moi. C'est bourgeois au dernier point, je le
confesse; mais cela ne me fait pas honte
du tout... au contraire, j'en tirerais volontiers vanité, j'aime ma femme. Quand je
souffre, c'est toujours ma femme qui me
guérit ou qui me console... voilà!... Si tu
n'es pas content, va te plaindre à Rome!
Je vais éveiller ma femme!

Il tourna le bouton, cette fois, résolûment
et s'introduisit en vainqueur dans la chambre de Rose.

FIN DU PREMIER VOLUME

TABLE

FIN DE LA TABLE DU PREMIER VOLUME

AVIS IMPORTANT

Beaucoup des ouvrages publiés dans la COLLECTION HETZEL sont plus complets que les mêmes ouvrages publiés en France. Ils sont imprimés sur les manuscrits originaux en Belgique, et n'ont point à subir les retranchements qu'exige souvent la législation française.

EXTRAIT DU CATALOGUE

Bruxelles. — Typ. de J. Nys, rue du Nord, 68

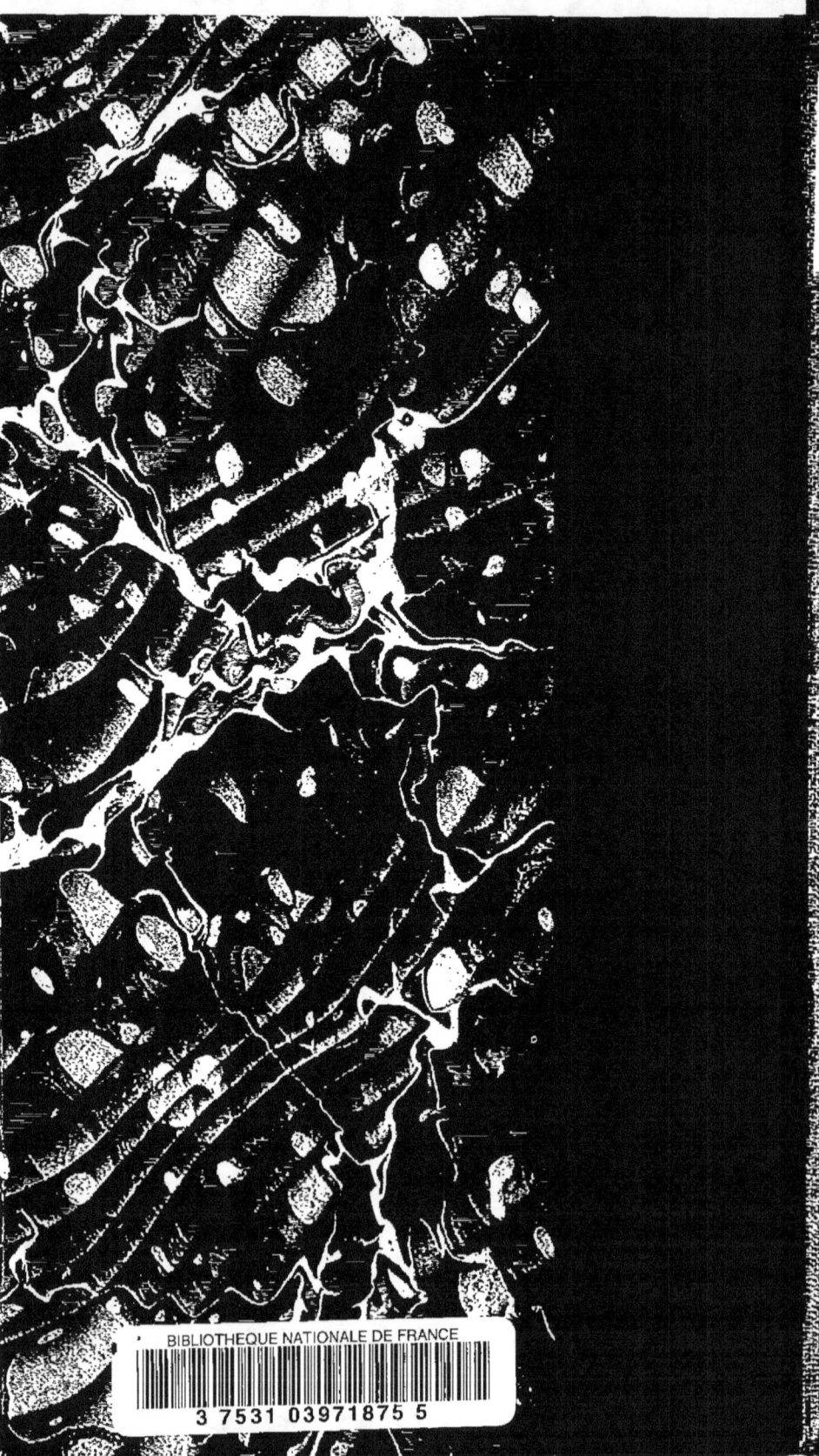